欠けた月のメルセデス

~吸血鬼の貴族に転生したけど捨てられそうなのでダンジョンを制覇する~

炎頭
Fire head Presents
ill：KeG

TOブックス

contents

ill:KeG　cover design:安斎 秀+ベイブリッジ・スタジオ

第一話　その月は欠けていた

待宵月《まつよいづき》とは、翌日の満月を楽しみに待つ事からそう呼ばれていると、聞いた事がある。

空に輝く月はとても美しくて、満月ならもっと美しいのだろうと思うと今夜が十四夜であった事が惜しまれてならない。

深夜を過ぎた夜道は誰も通らず、時折過ぎていく車両は停まりもしない。

きっと、私は酔っ払いか何かだと思われているのだろう。もしかしたら気付かれてすらいないのかもしれない。

地面に散乱しているのは、家に帰ってから読むつもりであった新作の小説だ。

売上はお世辞にもいいとは言えず、レビューでは主人公に何の目的もない退屈な物語と手厳しい事を書かれていた。

しかし私は、この人気《にんき》のない小説の主人公に感情移入をしていた。

主人公に目的がないとは確かに的確な指摘で、物語としては欠陥もいいところだ。

主人公が何をしたいのか分からないのでは、物語の方向性すら定まらない。

しかし私は思うのだ。では、レビューで酷評した誰かは、何か目的があって生きているのだろうかと。

今通り過ぎた車に乗っている誰かは、こうなりたい、ああしたい、という明確な人生目標があるのだろうか。

遠くで電車が走る音が聞こえる……あの電車に乗っているだろう仕事帰りのサラリーマンは、サラリーマンになりたくてなったのだろうか。それが彼ないし彼女の目的なのだろうか。

私はそうは思わない。少なくとも私は違う。

ファンタジーで勇者ならば、魔王を倒して世界を救うという目的があるのだろう。

ボクシング漫画ならば、世界王者になりたいという目的があるのだろう。

だが実際に、この現実でそうしてハッキリと目的を掲げてそこに邁進《まいしん》して生きている人間がどれほどいるだろうか。

『大きくなったら何になりたい』。幼い頃に一度は聞かれるだろう問い。それに幼い子供達は夢を持って答える。

『野球選手になりたい』、『大統領になりたい』、『学者さんになりたい』、『アイドルになりたい』。

現実の厳しさも、そこに至る苦悩も道のりも困難も、何も知らぬ幼い返答。だが夢に溢れた言葉。

この時はきっと、誰もが目的のある主人公なのだろう。誰だって、自分の人生では主人公で、子供の頃は世界はキラキラと輝いている。

だが大人になるにつれて挫折を知り、才能を知り、現実を知り、いつしか夢を忘れて生きる為に生きるようになる。

ならばきっと、私達は誰もが目的のない物語の主人公なのだ。

空に浮かぶあの月のように、決して満たされる事のない……目的という大事なものが欠け、永遠に欠けたままの月……それが私達なのではないだろうか。

そして今、私というつまらない一つの物語が終わろうとしている。

終わり方も別に劇的なものではない。子供を救って事故に遭ったとかならば少しは恰好がついたのだろうが……歩道橋の階段を登っている時に、急いで走っていた誰かにぶつかって落ちて、そして頭を打っただけだ。

その誰かは逃げてしまい、もうどこにも見えない。

地面を濡らす自分の血と、麻痺《まひ》したように動かない手足。そして薄れていく意識。

それらを感じながら、私は思った。

——ああ……つまらない、物語《じんせい》だったな……。

そんな思考を最後に、私は最後まで待宵月を眺めながら瞼《まぶた》を下ろした。

私の目が満月を見る事は、もう、ない。

◆

いつからだろう。自分ではない自分《だれか》の人生を認識していたのは。

いつからだろう。この生が二度目である事に気付いたのは。

ある日、気付いた時から少女の記憶の中には、全く身に覚えのない誰かの人生が棲みついていた。

名はメルセデス。家名はグリューネヴァルト。

広大な土地を治める吸血鬼《ヴァンピーア》、ベルンハルト卿の数多くいる側室のうちの一人の子として彼女は生を受けた。

前世の記憶というものを認識したのはいつだったか……確か自我が芽生えた頃には既に共にあったような気がする。要するに割と最初からだ。

しかしメルセデスにとってそれは前世というよりは、あくまで知らぬ誰かの知識という認識であった。

どのような人物で、どのような趣味嗜好の持ち主だったかは分かる。死因も知っている。

だが、それはまるで他人事……会った事もない誰かの人生をダイジェストで見せられて、これがお前の前世だと言われて「はいそうですか」、と納得出来るはずもない。

そして酷く……そう、そのダイジェストの物語は酷くつまらなかった。

メルセデスにとってこの知識の元となった人物は『自分の前世』ではなく、『前世だったらしい誰か』でしかない。

だがこの知識は彼女にとって有用か無用かで言えば、間違いなく有用であった。

これがあったから、幼くして自我を確立出来た。大人顔負けの思考能力を有するにも至った。

そして、自分の現状がいかに危ういものであるかを知る事も出来たのだ。

屋敷……と呼ぶには少々小さい家の中を歩きながら彼女は考える。

メルセデス・グリューネヴァルトは吸血鬼である。

生まれてより今日《こんにち》まで、三六五日をざっと五回は繰り返した。要するに五歳児だ。

吸血鬼といっても、彼女の知識にあるようなアンデッドではない。

『この世界』では吸血鬼とは力が強く、魔法という特別な力を使いこなし、寿命が長く再生力に優れ、太陽が少し苦手というだけの生物だ。

他の生物の血を飲むが、それも大量に必要というわけではない。

血を飲むと言うとおぞましく聞こえるだろうが、血を吸う生き物がいないわけではない。

言い方は悪いが、蚊のようなものだ。

だから子も生《な》せるし、流水を渡れないなんて事もない。

それと当たり前だが、蚊取り線香は効かない。

これだけ聞くと、大当たりの人生だと思うだろう。確かに種族的には外れだなどと言えまい。

容姿はどうだろう。壁にかかっている鏡を見て、彼女は己の姿を確認する。

光の当たる角度によっては青にも銀にも見える髪は首の後ろで縛り、腰まで伸ばしている。

今はまだ幼すぎる顔立ちは秀麗と呼んで間違いはない。むしろ謙遜すれば嫌味になるくらいには整っている。

眼鏡の奥で、やや勝気に吊り上がった眼は金。瞳孔は明るさやその時の気分によって、まるで猫のように変化するが、今は人間とそう変わらない。

暗闇だと目が光るのも猫と同じだ。恐らくは猫同様に網膜の裏に反射板があって、少ない光で闇を見通せるように進化してきたのだろうと考えられる。

すっきりとした小鼻に、桜色の唇。白い肌。

今世は容姿にも恵まれたようだ。少なくとも彼女自身がこれ以上の美貌を求めない程度には完成されている。

自画自賛になるが、私は将来美人になるぞという確信を抱いている。

身体能力も問題なし。むしろ吸血鬼だけあって人間とは比較にならない。

ここまでならば文句など出るはずもない。自分は恵まれていると胸を張って言える。

しかしメルセデスは己の生まれに危機感を抱いていた。いや、生まれ……というよりは環境、そして現状にだろうか。

先も語ったように、この世界には吸血鬼がいる。わざわざこの世界、などという言い方をした事から分かるようにここは地球ではない。赤き大地、レッド・プラネットと呼ばれている。

実にテンプレ的で何の捻《ひね》りもなく、登場しては一秒で爆破されていく量産型やられメカの如き速度で増殖し続けるライトノベルでありがちな事ではあるが、異世界とやらに生まれ変わってしまったらしい。

そして最初に語ったとおり、メルセデスは吸血鬼な父と母の間に生まれた側室の子である。

それも母はどうやら、側室の中では大分地位が低いらしい。

この屋敷を見れば一目瞭然《りょうぜん》……地方の貧乏貴族が暮らしているような、小さな屋敷しか母には与えられていない。

家を与えられている時点で十分ではないかと思われるかもしれないが、本邸に住む事すら許されていない時点でお察しである。

しかも父は広大な土地を支配しており、金も建物も余っている。なのにこの仕打ちだ。

強風が吹くたびに窓枠はカタカタ言うし、床の一部は腐りかけているのか歩くとギシギシ音が鳴る。

一日に一回はGと鼠《ねずみ》の姿も見かける。これは酷い。

ついでに言うとメルセデスは生まれてから五年間、何と父の顔を見た事がない。

父が母に会いに来た姿も見た事がない。いくら長命の吸血鬼でも、いくら側室でも、仮にも妻を五年放置はちょっと有り得ない。

これらの状況を見れば嫌でも察しがつく。母は父に疎《うと》まれている……いや、もしかしたら何とも思われていないのかもしれない。

メルセデスは考える。現状は、何とか生活出来ている。

最低限の仕送りだけは受けているようで、たった一人の召使である老婆のお世話になりながら母と娘で細々と生きている。

だがこれはいつまでも続くまい。母と自分がこうして生活出来ているのは、自分がかろうじて家名を継ぐ継承権を持っているからだ……もっとも、優先度など無いに等しい継承権だが。

グリューネヴァルトの名は本妻の子が継ぐだろう。別にそれはいい、問題はその後だ。

正式にグリューネヴァルトの跡継ぎが決まれば、自分を始めとする何人いるかも分からない側室の子は全員用無しだ。

このぞんざいな扱いを見て、跡継ぎが決まった後も面倒を見てくれると思うのは楽観視がすぎる。

……母共々捨てられる。そのくらいの事は予測しておいた方がいい。

メルセデスは更に考える。その時が来たら、自分はどうすればいい？

もしかしたら明日にでも訪れるかもしれない未来を、ただ手をこまねいて待つのか？

否、それは有り得ない。来ると分かっている不吉を前に何故、何の用意もせずにいられよう。

だが自分などに何が出来るというのか。

自分には財もなければ名誉もない。有るのは吸血鬼としてのこの身体一つだけだ。

「おやお嬢様。今日もお出かけですか？」

「ああ、婆や。少し庭で遊んでくるよ。母様には言わなくてもいい」

「いってらっしゃいませ」

廊下ですれ違った世話役の老婆に軽く挨拶《あいさつ》をし、書斎の前を通り過ぎる。

室内にあるのは所狭しと並べられた本棚と、小さな机と椅子が一つ。

机の上には何度読んだかも分からない本が積み重なっており、中身は一字一句に至るまでメルセデスの頭の中に入っている。

前世を認識し、現状を正しく理解したメルセデスはまず最初に本を読み耽《ふけ》った。

いずれ来るだろう日に備え、たとえ今すぐに父から追い出されたとしても生きていけるように自分に出来る事を探した。自分と母と、老婆を生かす術《すべ》と道を模索した。

そして、どうやら幸運の女神というものは自分の味方らしいとメルセデスは感謝した。いや、あるいはそれは悪運の神なのかもしれない。

ともかく、道はそこにあった。この世界には年齢も立場も問わずに誰でも就ける仕事がある。

対価は己の命一つ。たった一枚のチップを払い、危険を購入してその日の食い扶持《ぶち》を稼ぐアウトロー。

その仕事の名を探索者《シーカー》といい、世界に数多ある秘境やダンジョンを攻略する事で金銭を得る、軍人と並んで世界で最も死亡率の高い仕事だ。

五歳児のメルセデスが金を稼ぐ方法はそれしかない。

しかし、いかに吸血鬼といえど生まれ持った力だけでその仕事に就けばたちまち死体となってしまうだろう。第一、シーカーの中には吸血鬼など普通にいるし、死んで帰ってこなかった者もまた大勢いるのだ。

だからメルセデスは考えた。単純明快にしてこれ以上なく幼稚な結論に辿り着くのに時間はいらなかった。

――強くなればいい。誰でも思いつく、あまりにも簡単な答え。それが出来れば苦労はしないと言われても仕方がない。

だが幼稚だろうが何だろうが自分にはこの身体しかない。ならばそれを使うしかないのだ。

故に彼女はこうして、時間があれば外に出て己を鍛える事にしていた。

外に出た際、空を照らす蒼《あお》い月が目に入る。

この世界の月は蒼く、エデンとも呼ばれていた。何故蒼いのかは分からない。

メルセデスは淡く輝く満月を見上げ、掴むように手を伸ばす。

無論手が月に届くはずもない。だが彼女の視界の中で幼い掌《てのひら》は月を掴むように握られ、輝きを閉

じ込めた。

折角得たこの命、この人生。ただ腐って終わる気など毛頭ない。

今は何も持たぬこの幼い掌。だが掴んでみせる。それが財なのか名誉なのかは自分でも分からぬが自分がこの世界に生まれた証を、この手にいつか。

いつか終わる日に、生まれてよかったと声高らかに悔いなく言える何かを。

もう、欠けた月のままでは終わらない。

「私は……悔いなく生き、そして笑って逝きたい」

この二度目の生涯を全力で駆け抜ける。

止まる事なく、疾走し続ける。

そしていつか笑って死ぬ。それが少女の抱いた、二度目の生涯における目標であった。

「生きるぞ。この二度目の人生を全力で」

誰も聞かぬ、月への誓い。

それを聞いた満月が僅《わず》かに輝いた気がした。

第二話　下積み

メルセデスに戦いの師はいない。

母や婆やは吸血鬼ではあるが戦うような人ではないし、第一トレーニングは彼女達に隠れて近くの山で行っている。戦い方を教えてくださいなどと言えるはずがない。

前世でも本気の戦いと呼べるものは何ら経験していないし、戦闘経験は皆無と言っていい。

この世界で強くなると誓ったメルセデスにとってそれは、決して軽い問題ではなかった。

ここは平和な地球の日本ではない。町などに出た事はまだないが、それでも本などから得た情報で、ここが殺し殺されるのが当たり前の世界である事くらいは察しがついている。

力を求めているのに、その力の使い方を知らない。これは死活問題だ。

だがメルセデスには不幸中の幸いにも、前世の知識があった。

自分の中に眠る膨大な物語達……それらは所詮フィクションにすぎない。人の妄想、想像から生まれた非現実のストーリーだ。

だがそれを言うなら、この世界だって十分にフィクション染みている。

だからメルセデスは、自分の知るフィクションの修行法の数々を試す事にした。

自分でもおかしい事だとは分かっている。ハッキリ言って馬鹿げているし、自分でも馬鹿だと思う。

現実と漫画を混同している頭の残念な奴と思われても否定は出来ないだろう。

だが他に頼るものもない。

そして、頼るものが馬鹿げているからといって停滞する気もない。

歩み続ける……止まらない。そう決めたのだ。

ならば馬鹿げていると結論を出すのは実際にやってからでいい。

――一年目。

最初は重りを付けて身体を動かす事から始めた。

毎日夜早く起床し、朝になるまで修練を重ねる。

吸血鬼の主な活動時間帯は夜である。なので人間だった頃とは活動時間が逆だ。

前世では大体朝の七時に起きて夜の十二時に寝ていたが、今は違う。

夜の七時に起きて、昼の十二時に寝る。

前世では昼の三時がおやつタイムだったが、吸血鬼となった今は深夜の三時がおやつタイムである。もっとも、おやつといっても時々果物が出る程度だが、そこは貧乏故仕方ない。

それはともかく、そうした活動時間の違いによりメルセデスは真夜中にトレーニングをしているわけだ。傍から見ればちょっとしたホラーである。

しかし慣れれば不思議と違和感は消えるものだ。

いつしか夜に活動する事に疑問を感じなくなったメルセデスは石を手足に付け、慣れれば石を大きくし、それにも慣れれば岩を背負って山を走り続けた。

ちょっと格闘技の本を読んでかじっただけの洗練されていない素人体術でパンチやキックを繰り返して、毎日何百何千と繰り返した。

木を蹴って、落ちる木の葉を相手にジャブを繰り出し、四方の木々から落ちる無数の木の葉が地面に落ちる前に全て叩き落すという修練を自身に課したりもした。

腕立て伏せは千回を超えても苦にならなくなった辺りで逆立ちしながらの腕立てに変え、それでも苦にならなくなったので、片手で……やがては指一本での逆立ち指立てとなった。

たまに無茶のせいで怪我をする事もあるが、流石《さすが》は吸血鬼か。大体の傷は翌日になれば治っているので結構この身体は無理が利く。

そうしてトレーニングに励みながら、家にいる時は本を読み漁り、自身の糧《かて》になるものを探した。

言語、歴史、常識、社会、文化……そして魔法。

屋敷にあった本はとにかく全て読み、己の知識へと変えた。子供の柔らかい脳と大人の理解力を併せ持つメルセデスにとって勉学は苦ではなかった。

とにかく今は下積みの時期だ。下に積める物はどんな物であろうと積んでおけばいい。それが無駄なのかどうかなど、どうせ後にならなければ分からないのだ。

積み木は土台が安定しているほど高く積める。ならば今は、その土台を作る時期だ。

「魔法は四つの基本属性と四つの派生属性から成る……魔法は誰にでも扱える力であるが、その能力は資質に左右される……」

書斎で本を読みながら、メルセデスは本に書かれた事を一字一句とて逃さぬように記憶していく。

この世界には魔法という実にファンタジーな力が実在しているらしい。

少なくとも、この本が実はこの世界のライトノベル的娯楽だったとかでなければ実在しているはずだ。

本によると魔法には四つの基本属性というものが存在しているらしい。

その属性とは火、水、地、風。まあありきたりだ。

更にそこから派生する属性というものがあり、それらは陽、氷、鉄、雷となる。

火は高める事で陽光に。水は凍てつかせる事で氷に。地は強める事で鉄に。風は極める事で雷に。

この八つの属性がこの世界の魔法の全てのようだ。闇とか無属性はないらしい。

そして個人が習得出来る属性は必ず四つまで。これは凡才も天才も変わらない。

吸血鬼も魔物も必ず第一属性と第二属性を持ち、そこから派生する属性と合わせて計四つ。これが生物の限界だと本には書かれている。

「魔法の才を開花させるには、己の属性にあった場所で瞑想《めいそう》し、〝気〟を感じ取るのがよい。自分の属性を測る方法は……ふん、『査定所に行き調べる事』ときたか。自力で探すのは殆《ほとん》ど勘になりそうだな」

とりあえず、まずはいつもの山で瞑想でもしてみるか。メルセデスはそう考えた。

あそこなら近くに泉があるし、当たり前だが大地もあるので水か地属性だったならば何かしら掴めるはずだ。

風もそこらでいつも吹いているので、これも悪くない。

火は……火はどこで瞑想すればいいのだろう？　焚火《たきび》の近くで瞑想でもすればいいのだろうか？

まあ、いい。とりあえずはやってみよう。やらなければ何も始まらないのだから。

――二年目。

六歳となったメルセデスは毎日瞑想を続けているが、特に何かが目覚めるような感じはしない。

相変わらず日々、自分でもちょっとどうよと思うトレーニングを自身に課し、己を鍛えている。

そんなある日、メルセデスはトレーニング中に木の枝にひっかけた腕の傷が完治している事に気が付いた。

（……以前は、一日かかっていたはずの傷が）

メルセデスが怪我をする割合は低くない。

むしろ結構な頻度で怪我をし、そして吸血鬼の再生力で完治している。

だがその完治までの速度が、明らかに以前よりも上がっていた。

（吸血鬼の再生力、か）

メルセデスは思う。

自分の知る記憶の中にも、吸血鬼を取り扱った物語は数多くあった。

そしてそういう物語の中には、心臓を刺されようが首を刎《は》ねられようが、平然と復活する吸血鬼なんかも結構あちこちに存在していたのだ。

吸血鬼と聞いてイメージするのは、やはりその不死身ぶりだ。

しかし今のところメルセデスは不死身とは程遠く、試した事はないが首を刎ねればやはり自分は死ぬだろうという確信がある。

というかこの世界ではシーカーになった吸血鬼が普通に死んでいたりするので、アンデッドとしての不死身ぶりはないと考えていい。

だがここで、メルセデスは螺子《ねじ》の外れた思考へと飛躍する。

（再生を何度も続ければ、身体が怪我に慣れて再生速度が上がるのかもしれない）

まさにアホの発想であった。

要は彼女は、『そうだ、もっと怪我をしよう』と思ったのだ。

確かに、あえて身体を壊す事で強くなるという事がないわけではない。

有名なのは筋肉トレーニングにおける超回復だろう。あれなどは、あえて筋肉に負荷をかける事で筋繊維の損傷と再生を繰り返し、強くなる事が出来る。

しかしそれは決して、怪我をすれば治るのが早くなるなどという馬鹿げたものではないし、適切な運動量と休息があってこそ効果を発揮するものだ。断じてこんな馬鹿げた思考と同列に並べていいものではない。

普通ならばここで一度止まるものだが、しかし彼女は止まらない。

後悔は後ですればいい。今はただ進み続けるのみだ。

そう結論を出し、その日からメルセデスは自傷するようになった。

幸い、吸血鬼というのはどうも痛覚が鈍いらしく痛みは殆どなかった。

痛みというのは身体からの危険アラームだ。

ならば再生出来る吸血鬼の身体が発するそのアラームが小さいのは、不思議な事ではなかった。

――三年目。

この世界……いや、吸血鬼の身体は案外アホに優しいらしい。

メルセデスの思いつきにも等しい自傷は何を間違えたか実を結んでしまった。

傷を付ければ付けるほど、治せば治すほどに身体が本当に耐性を得ていったのだ。

同じ傷でも治る速度は徐々に上がり、ならばと深く傷を付ければ身体も負けじとそれを覚えて早く再生する。

今では、大抵の傷が一秒もあれば完治してしまうくらいだ。

一度やりすぎて骨まで達する傷を付けてしまったが、それも五秒くらいで完治した。ただし痛かったのでもうやりたくない。

また一年続けた瞑想もどうやら無駄ではなかったようだ。

メルセデスは瞑想を行うと、自らが暮らすこの星の力を感じ取れるようになった。

自らの足元に息づく大地の息吹を肌で感じ取れる。

どうやらメルセデスの属性は『地』であったようだ。物語などでは地味属性筆頭で、大体活躍しないイメージがある。

さて、自分の属性が分かったならば次は魔法を覚えなければならない。

しかし書斎にあった本で分かった事は、やはり地属性は不遇だという事だ。

大地を隆起させる、石を飛ばす、地面を陥没させる……地属性魔法で出来るのは大体そんなところらしいが、どれも派手さに欠ける。

本にも攻撃性能では他の属性に劣ると書かれていた。

半面、岩で壁を造れば味方を守れるし相手の足場を崩せば隙を作れるのでサポートに適した属性であるという評価も得ている。

書斎で本を読みながらメルセデスは考えた。

何かないだろうか。大地の力を存分に活かした、有効な魔法が。

例えば……そう、例えば重力はどうだ？

これだって大地の……いや、星の力だ。

むしろ何故、地属性に重力を操る魔法がないのかが疑問で仕方なかった。

だが無いならば無いでいい。自分が創ればいいのだ。

出来ないとは思わなかった。この世界にある魔法だって、最初は誰かが創ったもののはずだ。

例えば本に載っているストーンエッジという魔法……これは岩を飛ばして相手を攻撃するものだが、この使い方や名前は最初からあったわけではあるまい。これを考えて広めた誰かがいたはずだ。

ならば創ろう。創れるはずだ。

メルセデスはそう考え、その日から重力を操作する魔法の修練を始めた。

――四年目。

メルセデスの身体能力は驚くべき高みへと到達していた。

拳の一打は大岩を粉微塵にし、走れば風の如き速さで木々の間を駆け抜ける。

多少の傷ならば負傷と同時に再生し、跳躍すれば大木すらも軽々と超えた。

だがそれ以上に彼女にとって収穫だったのは、とうとう重力の魔法を完成させた事だろう。

どんな事でもやってみれば何とかなるものだ。

毎日瞑想して星の力を感じながら、自らに重力が強くかかるのをイメージし続けた。

すると最初は何も起きなかったが、三ヶ月目には少し重くなったような感覚を感じ、半年後には明確な重さを感じた。

更にそれを続けると、一年経った頃には遂に術者である自分自身すら動けなくなるほどの重力場を生み出せるまでに至っていた。

今のところはまだ、ごく狭い範囲を重くする程度の事しか出来ないが、これはこれで一つの完成した魔法としていいだろう。

そして、そうであるならば名前の一つも付けてやりたいところだ。

「……よし、圧力《ドルック》と名付けようか」

少しシンプルで安直すぎる気がしないでもないが、最初の魔法だしこんなものでいいだろう。

メルセデスはオリジナル魔法ドルックを習得した日から早速、自分自身にそれをかける修練を始めた。

どこかの国民的主人公も重力修行で強くなったのだ。きっと効果があるはずだ。

そして五年目……メルセデス・グリューネヴァルト十歳。

この歳より、彼女の物語が幕を開ける事となる。

第三話　我が子にはせめて自由に

リューディア・グリューネヴァルトはテイルヘナ大陸随一の都であるブルートに暮らしていた平

民の娘であった。

この世界――レッド・プラネットは太陽の輝きと、蒼い星エデンに見守られた赤い星である。

神話に曰く、かつて神々はエデンより神の船に乗ってこの地に降り立ち、生物が住めなかったこの星を奇跡の御業で作り替えて生物が住める星へと変えた。

更に神々はエデンから連れてきたいくつかの生物をこの星へと解き放ち、永い年月をかけてその数を増やしたという。

そうして出来たのがこのレッド・プラネットという世界だ。

神々の姿を模したという『ファルシュ』という生物がこの星で文明を築いており、吸血鬼もその一つだ。

ファルシュは神の姿をベースとし、しかし細部の違いからいくつかの種に分かれている。

獣の特徴を持つファルシュは獣人《シメーレ》。鳥の特徴を持つファルシュはフォーゲラ。

魔法の扱いに長けたエルフェ。そして最も神に近い姿と、神から程遠い生態をしている吸血鬼。

この四つの種が四大ファルシュと呼ばれ、世界を四分していた。

リューディアは、そんな吸血鬼の中では平凡を絵に描いたような女性である。

顔立ちは美しいが、能力的に目立ったものはない。

腕力は非力で精々林檎を握り潰す程度が限界だし、百キログラムより重い物を持ち上げた事は生まれてから一度もない。

全力で走っても百メートルを走り抜けるのに八秒すら切れない。

そんな、これといった取柄のない彼女であったが顔立ちの美しさが災いした。

ある日偶然町を訪れたベルンハルト卿の目に留まり、その日の夜伽《よとぎ》を命じられたのだ。

正直全然好みではなかったし、断りたかったのだが相手は領主だ。逆らえば何をされるか分からない。

しかしその一度の伽で子供を身籠ってしまったのが最悪であった。避妊くらいしろファッキン野郎と何度内心で罵ったか分からない。

そんなわけで側室になってしまった彼女だが、扱いは決していいものではなかった。

屋敷とは名ばかりの家を与えられ、そこに隔離された挙句世話役は一人だけ。

せめて二階建てでプールと大浴場付きにしてくれと言ったのに無視されてしまった。ガッデム。

料理は毎日最高級の牛肉を使ったステーキで、焼き加減はミディアムレア以外認めないと言ったのに毎日用意してくれない。焼き加減も何故かウェルダンだ。

頭にきたので、もう来なくていいと言ったら本当に来なくなった。何て甲斐性のない男だ。

そんな割と逞《たくま》しく図々しい彼女には一人の娘がいる。

名をメルセデスといい、親の贔屓目《ひいきめ》を抜きにしてみても自分そっくりで可愛らしい娘だ。

自分の遺伝子が頑張ってくれてよかったと本当に思う。夫みたいな強面が産まれたら泣いていたところだ。

娘は五歳くらいまでは割と普通の可愛いだけの子だったのだが、五歳あたりから子供らしからぬ賢さを見せるようになった。

恐らく、自分の置かれた現状を正しく認識してしまったのだろう。

ある時を境に毎日書斎で本を読むようになり、庭で遊ぶと言っておきながら近くの山に行っている事も知っている。

というか遊ぶ振りすらせずに、庭に出て五秒後に岩を背負って窓の外を走っていては馬鹿でも気付く。せめて隠す努力をしろ。

背負う岩は日々大きくなり、九歳の頃には十メートルサイズの岩が移動しているような有様であった。だから隠す努力をしろ。

恐らくメルセデスは何か目的があり、あるいはこの生活から抜け出す事を目指して己を鍛えているのだろう。

彼女が訪れた後の書斎をこっそり調べてみると、シーカーについて書かれた本がいつも机の上に出ているので間違いない。

なので、メルセデスが十歳になった時にそれを言われても、特に驚きはなかった。

「母様、私はシーカーになります」

「うん、知ってた」

メルセデスは大人でも腰を抜かしてしまいそうな魔力をバリバリ滾《たぎ》らせながら、一世一代の決心という表情で言ってきたが、リューディアにとってそれは予期し切っていた未来でしかない。ああ、今日それを言うんだ、くらいの感想である。

十歳児がシーカー……勿論危険はあるだろうし、普通の親ならば止めるだろう。

だがメルセデスに戦いの才能がある事はリューディアにも分かった。というか贔屓目なしに我が子は天才だと確信出来る。

吸血鬼は野生の獣ほどではないが強者を嗅ぎ分ける嗅覚とでも言うべきものを備えている。それがリューディアに教えてくれるのだ。あ、この子ヤバイわ、と。

僅か十歳にして既に強者のオーラを彼女は備えている。

というか割と前からそれは感じていたので今更である。だから隠す努力をしろと。

「……あの、止めたりはしないのですか？」

「貴方が普通の子なら止めてたわよ。でも貴方、見た所凄い強くなってるでしょ？　だったら、まあ、無茶さえしなければ別にいいわよ」

拍子抜けしたようなメルセデスに対し、リューディアはコーヒーを飲みながら呑気に答えた。

呆れた放任主義である。あるいはそれだけ娘を信頼しているのかもしれない。

リューディアは娘の頭に手を置き、柔らかく微笑む。

「私はあのファッキンクズ野郎……いえ、巡りの悪さのせいで自由に生きられない身になってしまったけど、貴方は違う。貴方は自由に、好きなように生きなさい。それが私の望みよ」

娘が何を見ているのかは知らないが、その足枷《あしかせ》になる気はない。

こんな腐った籠《かご》に閉じ込められるのは自分だけでいい。この子にはもっと自由に大空を羽ばたいてほしい。

そうリューディアは強く願った。

◆

てっきりまだ十歳だから駄目だと反対をされると思っていたのだが、あっさり母からOKを貰《もら》った事でメルセデスは拍子抜けしていた。

とはいえ、とりあえず良しと言われたのだから嬉しい誤算と思っておくべきだろう。

メルセデスは早速、シーカーとなって仕事をする為の簡単な準備を始める事にした。

シーカーとは秘境やダンジョンなどを探索し、解き明かす者達である。

当然、その仕事は数日、数週間、長い時は数か月や数年も同じ場所に留まる事もあるだろう。

最初のうちはそんな高難度の仕事をする気もないし、そもそも回してもらえないだろうが備えくらいはしておくべきだ。

まず欲しいのは、長期保存に向いた食料。飲料も同じくらい必須だろう。

色々な所に行くわけだから、探索に向いた服も欲しい。

現在のメルセデスの服装は豪華ではないが、それでも平民は着ないようなヒラヒラした服だ。

前世で言えば、ノルウェーの民族衣装であるブーナッドなどが近いだろうか。

スカートではなくズボンが欲しいし、デザインももっと地味でいい。

そして、装備品。

徒手でもそれなりに出来る自信はあるが、何せ比較対象がいない。

五年間鍛えはしたが、もしかしたら自分は凄く弱いという可能性もあるのだ。

人間だった頃よりは圧倒的に強い。それは確かだ。今なら野生の大熊だって楽に殴り殺せるだろう。だがここは吸血鬼の国で、その程度の事は全員が出来るのかもしれない。人間だった頃の感覚など物差しとして全く機能しないのだ。

そして、最終的に結論を纏《まと》めると食料や装備などを買う金が欲しい。

「……最初は小金稼ぎからだな」

メルセデスは苦笑いをし、スタート地点特有のままならなさを噛み締めた。

シーカーとして冒険をしたいから装備などが欲しいのに、それを得る為にまずは仕事をしなければならない。まるで閉じられた宝箱の中に宝箱を開ける鍵があるかのような状態だ。

となれば、装備などを必要としない簡単なお使い程度の仕事からこなしていくしかないだろう。

仕方ない、まずは着の身着のままスタートだ。

メルセデスはそう決意し、屋敷を出ていった。

「行ってきます」

「しっかりね」

母の応援を背に、外に出ると同時に跳躍して空中に停止した。

普段常に自らにかかっている重力を一時的に弱める事で空中浮遊を可能とするメルセデスの創作魔法だ。

ベフライエンと名付けたそれは重力を軽くすることで自らの動きを速める効果を持ち、更に重力を遮断する事でこのような飛行も可能となる。

ただし注意すべきは、完全に重力を消してしまうとそのまま大気圏外にすっとんでしまう可能性がある事か。

そうして軽い無重力状態になりながら、空中を強く蹴る。

するとその反動でメルセデスの身体が飛び、景色が後ろへと流れた。

鳥のように自由に空を飛ぶ……人類が遥か昔から抱き続けてきた夢だ。飛行機やヘリコプターなど、それを疑似的に叶える方法はいくつもあれど、それでも生身で自在に空を飛ぶというのは未だ夢のままである。

それをこのような形で叶えた事にメルセデスの頬《ほほ》が僅かに緩む。

失速し始めたところで更にもう一度空を蹴り、再加速した。

ほぼ無重力状態といえど、ここは宇宙ではないのだから空気抵抗はある。なので再加速をしなければ宇宙と違っていずれ失速して止まってしまうので何度かこうして空を蹴らねばならない。

そうして何度か空を蹴り、やがてメルセデスは都の前に降り立った。

メルセデス達が暮らす屋敷は都から離れた位置にある。恐らくベルンハルト卿があまり表に出したくないから、そんな所に住まわせたのだろう。

無論ベルンハルト卿本人は都に城のように大きな屋敷を建てて、そこで暮らしている。本妻やその子供等も同様だろう。

まあ、顔も知らぬ父などどうでもいい。

メルセデスは初めて見る都に興味津々といったところだが、お上りさんのように露骨に態度に出して見回すような事はしない。

表面上はあくまで平静に、何でもないかのように堂々と道を歩みながら視線を走らせている。

時刻は真夜中。都が最も活性化する時間帯だ。

月明りに照らされた闇夜の中を人々が賑やかに行き交っている。

（ふむ、屋敷にいた頃から予想は出来ていたが文明レベルは中世といったところか。いや、予想よりは若干文明が完成しているか）

街に並ぶ建物はどれも派手に存在を主張する事はないが、よく見れば高い建築技術で造られていると分かる。

道は石畳で人が通り易く、建築物は景観を壊さぬようにバランスよく配置されていた。

広い通りに出れば商人らしき人々が露店を出しており、屋台のような物を曳《ひ》いている者も見える。

メルセデスはこの景色に若干の違和感を覚えた。

中世の街並み……というよりは、二十一世紀現代の技術で中世を再現したような感じだ。

建物がどれも綺麗すぎる。勿論長年使い続ける事で劣化はしているし、汚れている建物もあるが、そういう問題ではない。

何というか完成度が高すぎるのだ。まるで中世を再現したテーマパークにでも来てしまったような違和感がある。

それに衛生面も悪くなさそうだ。少なくとも汚物などが道に落ちている事はないし、ゴミなどもあまり見ない。

ファンタジー世界特有の都合のいい部分だけ中世……と思えばいいのだろうが、どうも違和感が拭《ぬぐ》えない。

（そう思うのは私が現代日本人だったからだろうな……）

下手に色々考えるのはよそう。今ここにあるものを認め、受け入れるべきだ。

違和感はあるが、ここはそういう世界なのだろう。

それに街が綺麗だというのはメルセデスにとっても喜ばしい。汚物だらけの街など歩きたいとは思わないのだ。

とりあえず、まずは軽く都を歩いて回る。見たところ、なかなか住みやすそうないい街だ。

住宅街の建物は綺麗だし、近くには公園のようなものもある。

商業区と思われる所には店が並び、公衆浴場のような場所まで確認出来た。

時々見かける身分の高そうな婦人はドイツの民族衣装、ディアンドルに似た服を着ているのが印象的だ。

（ドイツ……いや、日本？　まるで日本人とドイツ人が共同で好き勝手に造ったような感じだ。どういう発展をすればこうなる？）

文明の発展というのは、その土地の特色や気候、環境などに左右される。

繙《ひもと》いて調べれば大体の事はそうなった理由というものがあるのだ。

しかしこの街はどこか歪《いびつ》な気がする。無論、気のせいと言えばそれまでだが。

一通り巡り、これから必要になるだろう店の位置は大体覚えた。

今はまだ手持ちの金がないので寄らないが、そのうち出向く事もあるだろう。

（さて、そろそろシーカーギルドへ行くか）

とりあえず観光はこのくらいでいいだろう。

メルセデスはそう考え、目的の場所へと歩を進めた。

第四話　常夜の街

シーカーギルドはR・P暦百十二年に発足したとされるシーカーを支援、管理する組合である。

このレッド・プラネットにはいくつか未踏の領域が存在し、特にダンジョンと呼ばれるものは全体の七割も攻略されていないと言われている。

ダンジョンというのは、突然出現する巨大な閉鎖空間だ。

その形は主に洞窟で、それまで平原だった場所や沼地だったはずの場所に何の前触れもなく現れ、誰かが最奥に到達するまで消える事がない。

更に迷惑な事にダンジョンからは大体において、魔物と呼ばれる人に害なす生物が湧いて出てくる。

なのでこれを定期的に討伐し、あるいはダンジョンの最下層を目指す者達が必要になったわけだ。

その専門職こそがシーカーである。

しかしその仕事には当然危険がつきまとう。誰だって何の見返りもなく命など懸けたくない。

そこで国はシーカーを支援する組合を作り、シーカーが仕事しやすい環境を整えた。

シーカーが多く集まれば気が合う者同士が仲間となるし、武器などを格安で貸せば死亡率も下がるだろう。

過去にダンジョンを攻略したシーカーの経験談などを元にマニュアルだって作成出来るし、他のシーカーがダンジョンに途中まで潜って地図を作ったならばそれを全員で共有してもいい。

そんな歴史を持つシーカーギルドは、都でも有数の巨大建築物だ。

高さは十二メートル。幅は三十メートル。奥行きは二十五メートル。

入り口の上には看板が掲げられ、洞窟の入り口の前で二本の剣が交差しているロゴマークが存在感を主張している。

入り口は両開きのガラス戸。そこを通れば中には清潔な白い壁と天井、床があり、いくつもの椅子が並んでそこにシーカーと思わしき者達が待機している。

壁には依頼書やギルドからの報告、最近起こった事件を纏めた切り抜きなどが張り付けられていた。

天井に取り付けられているのは魔法の力を使った照明器具で、これは高値で一般人の手が届くものではないが夜でも明るく照らしてくれる。

吸血鬼は夜目の利く種族であり、少ない光でも見通す事が出来る。

それ故に強すぎる光には弱く、真昼などは逆に視界が悪くなる。

そういう事もあり、照明器具で照らされているとは言ってもその明るさは日が沈みかけた黄昏程度のものでしかない。

メルセデスが眼鏡をかけているのも、この明るさに弱いという吸血鬼特有の弱点が理由だ。

別にメルセデスは視力が悪いわけではないし、むしろかなり視力はいい方である。

だが明るい場所で視界が利かなくなる事を嫌った彼女は、それを緩和する為に特殊な素材で作られた遮光効果のある眼鏡を使用していた。

眼鏡自体はこの世界にも普通に存在しているし、片眼鏡《モノクル》という貴族御用達のお洒落《しゃれ》アイテムもある。

だがモノクルはともかく、眼鏡は吸血鬼にとってあまり需要がない。そもそも視力の悪い吸血鬼というものが殆どいないからだ。

遮光眼鏡ならば需要はあるはずなのだが、今のところメルセデス以外に眼鏡をかけている吸血鬼を見ていない。

この眼鏡は元々家にあって誰も使わず埃を被っていた物を、母の許可を得て使わせてもらっている。

あんなボロ家でも何だかんだで貴族の屋敷ではあるわけで、一般に流通していない貴重品があってもそこまでおかしくはない。

あるいは単純に、吸血鬼にとって明るい場所で視界が利かなくなるのは当たり前すぎて、誰もそれを気にしていないだけか。

元の世界で言えば、夜でも見えやすくなる夜間用メガネという物があるが、運転の時ならばともかくとして普段からそれをかけている者は殆どいないだろう。

明るい時に視界が利かなくなるならば、そもそも明るい時に活動しなければいいだけの話。

それを気にするのはメルセデスに前世の感覚……つまりは人間だった時の感覚が残っているから

なのかもしれない。

話を戻そう。そんな吸血鬼でも問題なく活動出来る程度の微妙な明るさの建物へと踏み入ったメルセデスは周囲からの興味半分、嘲《あざけ》り半分の視線を受け流して真っすぐにカウンター前へと向かった。

「あら、可愛い子が来たわね。どんな御用かしら？」

カウンターにいたのは美人の受付嬢……ならよかったのだが、ヒョロリと細長い身体をした青白い顔の吸血鬼であった。勿論男である。

頭は剃《そ》っているのか髪がなく、顔には縫い痕がある。

これは最近都で流行りのお洒落だ。今、王都では顔や腕にこうした縫い痕を付けるのがトレンドなのである。

高い再生力を持つ吸血鬼だからこその歪なお洒落であった。

「シーカー登録を」

「ふうん……まあ、いいわ。この用紙の記入事項のところだけ記入してくれるかしら」

渡された用紙に書かれていたのは、シーカーとなるならばこのギルドの支援を受ける権利を与えるという旨の文章だ。

また、ギルドとの契約は自由を縛るものではなく、ギルドがシーカーを縛ったり命令したりはしないという事や、探索中にシーカーの身に何か不幸があってもギルドはその責任を負わない事。後からダンジョンの難易度が変化して依頼金が変わったとしても、既に支払われた依頼金についての文句は一切受け付けない旨などが書かれている。

そしてこの契約はいつでも破棄出来る事もしっかりと記載されていた。

「……ふむ」

一通り確認し、記載欄を見る。

この条件に不服がなければ名前や年齢を記入するらしい。

住所欄もあるが、決まった住所を持たない者など珍しくもないのでここは書かなくてもいいようだ。

メルセデスはまず自分の名前を書き、しかしグリューネヴァルトの名を書くのを躊躇《ためら》った。

グリューネヴァルトはこの都を含む土地を支配する領主だ。それが側室の子であろうと、まず間違いなく問題になる。

なのでメルセデスはここに、母の方の旧姓を書いておく事にした。

「書いたぞ」

「はい、ありがと。……ふむふむ、メルセデス・カルヴァート。住所なし、年齢は二十。見た目通りの年齢じゃないとは思ったけど、成長が遅いのねえ。羨ましいわ」

吸血鬼の成長速度は当然ながら人間とは全く違う。

一定の年齢までは人間と同じように成長するのだが、ある程度のところで成長が止まり、外見の変化が非常に緩やかになるのだ。

そしてこの成長が停止する年齢というのは個人差があり、二十歳まで普通に成長する者もいれば十代半ばから外見が変わらない者もいる。

外見二十代の女性と十二歳ほどの幼子が並んでいて、母と子だと思ったら実際は幼子に見えた方が祖母だったというケースもある。

この成長が停止する年齢を『不老期』といい、詳しいメカニズムは不明なものの一般的には不老期が早い方が強くなれる素質を多く持つとされていた。

「でも、字はもっと綺麗に書かなきゃ駄目よお。この年齢のところなんて、二が一みたいになってるじゃない」

「ああ、それはすまなかった。そっちで直しておいてくれ」

メルセデスはぬけぬけと言いながら、内心で受付に詫びる。

受付が二が一のように見えると言っているが実際は逆だ。一を二に見えるようにわざと下手糞に書いたのである。

この世界の数字はどういうわけか、前世でもお馴染みのアラビア数字が用いられている。

そして『1』という数字は丁寧に書くならば、まず左から右上に向かって短い線を書き、そこから真下に向かって一直線の線を引く。最後にその縦線が真ん中に来るように横線を引く、という形で構成されている。

メルセデスはわざと最初の線を長めに書いた上で縦線を左下に向かうように斜めに書き、最後の横線も大きく右にズラして、『2』にしか見えない下手くそな『1』を書いた。

嘘は書いていない。自分はちゃんと十歳と書いたのだ。

ただし、一の部分がちょっと汚くて二に見えてしまったかもしれないが、それは仕方のない事だろう。

(それにしてもおかしな話だ……)

この世界の数字が十進法でアラビア数字なのは便利だ。

便利ではあるが冷静に考えるとどう考えてもおかしい。

アラビア数字はインド数字を起源とする数字であり、ヨーロッパに伝わった事で一般的に用いられるようになった。

しかしこの世界にはインドもアラビアもないだろう。ではこの『アラビア数字』は一体どこから出てきたというのか。

肝心のアラビアがない。インドもない。伝えるべき国が存在しないのに、その発明だけが存在しているというのはこの上なく気味の悪い事だ。日本が存在しないのに日本料理が出てくるようなものである。

……だが、それをここで考えたところで誰かが教えてくれるはずもない。結局、この謎を解明する手段はないのだから考えるだけ無駄だとメルセデスは割り切る事にした。

「それじゃあ、貴方のシーカー適性を見るわ。このカードに血を付けてくれるかしら」

「うむ」

メルセデスは指を躊躇《ちゅうちょ》なく己の爪で裂き、受付が差し出した黒いカードに血を垂らした。

傷は瞬く間に消え、受付が感心したような声を出す。

「凄い再生力ね。これは期待の新人かしらあ？　………なんじゃこりゃあ」

期待するようにカードを見た受付が素に戻ったかのように男口調で驚きを露《あらわ》にした。

そんな反応をされると少し不安になる。そこまで酷いステータスだったのだろうか。

「腕力、脚力、耐久力、体力、全部レベル4以上？　再生力レベル6？　魔力だけ普通で2……ええ、これもう、いきなりCランクかBランクでいいんじゃねえの……？」

どうやらいい方向でおかしかったらしい。

ランクというのはよく分からないが、まあ強さに応じた仕事の難易度のようなものだろう。

メルセデスは呆然としている受付からカードをひったくり、内容に目を通す。

【メルセデス・カルヴァート】
シーカーランク：F
第一属性：地
第二属性：風
腕力：level　5
脚力：level　5
耐久：level　5
体力：level　4
魔力：level　2
瞬発：level　5
再生：level　6

受付の反応からすると多分いい数字なのだろうが、数字が一桁だとどうも弱く見えてしまう。

メルセデスは何となく自分が強いのだろうとは察しているが、何せ比較対象がいない。

とりあえず、まずは彼に聞いてみるとしよう、と無難に考えた。

「これは、そんなに驚く数字なのか？」

「……少し取り乱したわ。ごめんなさいね。説明するとね、まあ大体のシーカーは全能力レベル1か2ってとこよ。まあ1で半人前、2で一人前って感じかしら。レベル3までいけば一流よ」

「参考までに聞くが、このギルドで一番強い者のレベルは？」

「それは個人情報だから教えられないわ。ただ、貴方ならAランクの仕事でも引っ張りだことだけは言っておくわ」

やはりメルセデスのステータスはかなり高いらしい。

低いよりは余程いい事なので、この結果は素直に喜んでおくべきだろう。

積み上げた五年間は無駄ではなかったのだ。

「さ、そのカードはもう貴方のものよ。個人的な事を言わせてもらうとその能力値でFランクはカードが泣くから、ガンガン仕事を受けてガンガンランクを上げちゃいなさい。Fランクは貴方に相応しくないわ」

「いや、まずは手軽な仕事からやらせてもらうよ。シーカーの仕事というものを学ばないとな」

「慎重なのねえ」

「臆病なんだよ。それで、どんな仕事がある？」

いかに能力があろうが、所詮メルセデスは実戦経験ゼロの初心者だ。

自分に自信を持つのはいい事だが、それは一つ間違えればただの慢心となる。

どんな凄腕やその道のプロでも、油断し慢心してしまっては小さな石にも躓いてしまう。

今日のところはまず、無理をせずに現場の空気だけを感じておく。それが妥当であるとメルセデスは考えた。

「Fランクなら、あっちのボードに依頼が貼ってあるわ。好きなのを取ってきていいわよ」

「わかった。後でまた来る」

受付が手でボードの位置を示し、メルセデスはそちらへと向かった。

依頼書が貼られているのは、どうやらコルクボードのようだ。

依頼書がピンで刺され、ボードに貼り付けられている。

メルセデスはいくつかある依頼書の中から、よさそうなものを探す。

【ヴァラヴォルフ・ブラウ捕獲依頼】
依頼主：半月堂ペットショップ
報酬額：二万エルカ
期限：無期限
詳細：ヴァラヴォルフ種の中では小柄で力も弱く、大人しいのでペットとして人気のブラウ種が売れ切れてしまったので、捕獲をお願いします。

オスとメスの両方を捕獲してくれれば、倍の報酬を支払います。
ヴァラヴォルフ・ブラウはプラクティスダンジョンとシュタルクダンジョンに出現するという報告があります。

【シュタルクダンジョン、泉調査】
依頼主：シーカーギルド
報酬額：八千エルカ
期限：二週間
詳細：シュタルクダンジョン二階の泉に回復効果があると見込まれており、研究の為に水を採ってきてください。

【シュタルクダンジョン、マッピング】
依頼主：シーカーギルド
報酬額：五千エルカ〜
期限：一週間
詳細：先日出現したシュタルクダンジョンの地図がまだ完成していません。
早急な地図の作製が求められる為、マッピングをお願いします。

いくつかある依頼の中でメルセデスが目を付けたのはこの三つだ。

この依頼は三つとも、同じダンジョンを指定している。

ならばマッピングしつつ泉を探し、ついでにヴァラヴォルフ・ブラウとやらが出てくれば捕獲でいいだろう。

メルセデスは三つの依頼書を剥《は》がし、受付へと戻った。

「この三つを受けたい」

「あら、同時にやるのね」

「並行して出来そうだと思ったからな」

「ま、貴方なら問題なさそうね。ところで武具のレンタルはする？　格安で貸し出してるわよ。勿論、壊したら弁償だけどね」

「やめておくよ」

「そ。はい、これ。シュタルクダンジョンの位置を記した地図よ。大体、この都を出て徒歩五時間ってとこかしら。ダンジョン行きの馬車も出てるからそれに乗るといいわ。この地図は無料で配布してるから持っていっていいわよ」

三つの依頼を受ける事にし、メルセデスはそのまま外へと向かった。

地図と、マッピング用の羊皮紙、ペンも受け取ったが武器などは受け取っていない。

武具の格安貸し出しは魅力的だが、その格安を借りる金すら今はないからだ。

ギルドを後にした彼女はそのまま都を出ずに、まずは半月堂ペットショップへと向かった。

まずは依頼主の店がどんなものなのかを下見するのが先だ。

位置や店の大きさ次第では捕獲したヴァラヴォルフ・ブラウをどうやって持ってくるかも考えなくてはならない。

（それにしても……）

やはり吸血鬼の国と言うべきか。人間の街と似ているが、やはり所々でナチュラルにおかしな部分が見える。

その辺を歩いている野良猫は背中から蝙蝠《こうもり》の翼のようなものが生えているし、裕福そうな婦人たちが道で止まって話しているのはいいが、彼女達がリードで繋《つな》いでいるのは可愛い犬ではなく狼男だ。

身長はやや小さく、百六十センチといったところだろう。色は青く、あれがヴァラヴォルフ・ブラウなのだろうかとメルセデスは考えた。

露店では治療用の傷薬《ポーション》の横に真っ赤な血液を詰めた瓶が売られている。

だが自分もそんな吸血鬼の一員なのだ。慣れるしかあるまい。

前世が人間であるが故の常識の相違にモヤモヤとしたものを感じながら、メルセデスはやがて目当ての店を発見した。

第五話　最初の仕事

半月堂ペットショップへ入ったメルセデスが見たのは、意外と清潔な店内であった。

ガラスケースの中には動物の赤ん坊がおり、思ったよりもずっと可愛らしい。

大きさはどれも、地球の成猫や成犬くらいか。一番大きいのでも大型犬くらいの大きさだ。

赤ん坊でこれか、と思わされるがこれくらいならば全然可愛がれるサイズだ。

しかしやはりというべきか、扱っている動物達はどれもこれも魔物である。

赤い目が特徴的な黒い子犬は品書きにヘルハウンド種と書かれているし、隣のケースの子犬は頭が三つある。これはケルベロス種のようだ。

頭が二つに尾が蛇《へび》になっているのはオルトロス種。

暗緑色な事以外は普通の犬に見えるのはクー・シー種と言うらしい。

どれも神話で一度は聞いた事がある名前だが、恐ろしい怪物達もこの大きさの赤ん坊ならば可愛いものだ。

シーカーの中にはこうしたペット達を探索の相棒にしている者も多いらしい。

メルセデスも、金に余裕があれば一考してみようと思いつつ店を後にした。

これから向かうシュタルクダンジョンは三十六キロメートル離れた位置にある。

徒歩の時速は吸血鬼も人間とそう変わらないので時速七キロメートルといったところだ。

受付は大体五時間くらいと言っていたので、計算も合う。

馬車なら時速十キロメートルといったところなので、三時間半くらいで着くだろう。

遅い気もするが、急行馬車でなければこんなものだ。

だがそんな事をしていては往復で六時間以上かかってしまうし、昼になってしまう。

なのでメルセデスは、自分の足でこの距離を縮めてしまう事にした。

都の外に出たメルセデスは軽く屈伸運動をして身体をほぐし、地図で方角を確認する。

そして地図を片付け、思い切り地面を蹴って走った。

後方に突風の如き風を巻き起こしてその場から消えたように加速する。

景色が高速で後ろへと流れ、時折進路上に現れる岩や木々を跳躍して飛び越える。

障害物が多い時はベフライエンを発動して浮き、そこから空中ダッシュ。

まるでアクションゲームの主人公にでもなったような感覚を楽しみながらメルセデスは自身の出せる最高の速度を保ち、ダンジョンへと向かう。

メルセデスの現在の最高速度は大凡、時速千百五十キロメートルといったところだ。

これ以上を出してしまうと自身に凄まじい衝撃が跳ね返り、無用なダメージを負ってしまうのだ。

恐らくこれは音の壁というやつなのだろう。現状、メルセデスはこれをノーリスクで超える方法を身に付けていないのでここが今の彼女の限界だ。

とはいえ、それでも一時間あれば千キロメートル以上進める速度というのは十分すぎる。

走り出してより僅か百二十秒、二分後にはメルセデスは目的地であるシュタルクダンジョン前へと到達していた。

障害物などによるタイムロスをもう少し縮める事が出来ればもっと速く来られるかもしれないが、とりあえず及第点といったところだろう。

「さて……」

ダンジョン前に着いたところで、一度周囲を見る。

ここはどうやら草原のようだ。昼寝をすれば心地よさそうである。

いや、実際にこんな所で昼寝などしようものならば虫が付くだろうし、やはりあまり心地はよくないかもしれない。

少し離れた位置には集落のようなものが見えるが、あれはシーカーの為の中継地点だろう。

ダンジョンの近くにはああいう休憩スポットを造り、休憩を挟みながら攻略するのだと本にも書かれていた。

だがメルセデスは今のところ疲れていないので、立ち寄る必要もなさそうだ。

続いてダンジョンを見る。草原の中に一つだけポツンと石造りの入り口があるのは違和感があるが、ダンジョンとはそういうものなのだろう。

どうやら入り口だけが外に露出していて、地下へ地下へと潜っていくタイプのようだ。

メルセデスは一通り入り口の観察をした後にギルドで渡されたマッピング用の羊皮紙とペンを取り出し、足を踏み入れた。

ダンジョン内は、何と言うかこれぞダンジョンという感じの石造りの迷宮だ。

歩くたびにコツンコツンと足音が響き、不気味に反響する。

光源はなく、入り口から射し込む光で僅かに照らされるだけで真っ暗だ。少し角を曲がればもう暗闇だろう。

これはしまったな、とメルセデスは思った。次からはランタンくらい持ってこようと決意する。

いくら吸血鬼でも、光が全くない暗闇では何も見通せない。

吸血鬼の眼はあくまで僅かな光でも先まで見通せるだけであって、完全な闇を見通せるようには出来ていないのだ。

仕方ないので一度引き返し、ダンジョンの外にある木から適当に頑丈そうな枝を何本か折ってからまたダンジョンへと入った。

そして二本の枝を交差させ、左手を高速で引いて摩擦熱を起こす。

最初は上手くいかなかったが、何度か試すうちに木が熱くなり、やがて炎上を始めた。

「よし、行くか」

これでとりあえず光源は出来た。

あまり長続きはしないだろうが、枝が残っている間は探索出来るはずだ。

それにしても片手に火種を持ったままマッピングしつつ探索するというのは思いの外面倒臭い。

書く時には火種を無重力状態にして浮かして書いているが、効率がいいとは言えない。

ランタンを買うならば、腕に引っ掛けておける物にするのがいいだろう。

そうこうしているうちに、まだ少ししか書いていないのに枝が燃え尽きそうになり、仕方なく手放して床に捨てた。

靴で踏んで消火しつつ、さてどうしたものかと思案する。

「これは参ったな」

探索のやり方を変える必要がある。メルセデスは早くもその必要性を感じていた。

暗闇の中で目を閉じて思案するが、いい方法が思い浮かばない。

せめて自分の使える魔法が火だったならば光源にも困らなかったのだが、残念ながら地だ。無いものねだりは意味がない。

「……属性、か」

ギルドでシーカーとなった時に貰ったカードには自分の属性が書かれていたのを思い出す。

一つは地で、もう一つは風であった。

意図せずして属性を知る事が出来たのは僥倖《ぎょうこう》だ。この風の属性を使って何か出来ないものだろうか。

今まで風の魔法など使った事はないが、自分の属性がそうだと認識した今、何かが掴めそうな感覚がある。

そうして考えていると、どこか遠くから石が落ちるような音が聞こえてきた。

吸血鬼の聴覚は人間であった頃よりも遥かにいい。集中すれば些細な物音であろうと拾う事が出来る。

この時、メルセデスの頭の中には一つの妙案が浮かんでいた。

「やってみるか」

己の属性は風であると自覚した今ならば、今までよりも強く風の力を感じ取る事が出来るという予感……いや、確信があった。

メルセデスは息を吸い込み、魔力を喉《のど》に溜める。

そしてイメージするのは、音だ。口から発する音が空気を伝い、風のようにこのダンジョンを駆け抜けて、反射して戻ってくるのを脳内に描くのだ。

「────!」

人の耳では聞き取れないだろう音波を発し、全感覚を耳へと集中させる。

戻ってきた音波の方向、音が戻ってくるまでの時間、それらを受け取る事でメルセデスの頭の中にこのダンジョンの構造が浮かび上がってきた。

そうして脳内で地図を作製した後に素早く火を熾《おこ》し、羊皮紙にマップを描いていく。

流石に一度で全体全てを知る事は出来ないが、大分楽になった。

これを何度か繰り返せばダンジョンの全体像を描く事が出来るだろう。

◆

三十分が経過し、メルセデスは場所を移動しながら音の反響を繰り返す事で一枚目の羊皮紙にほぼ完璧な地図を描く事に成功していた。

下へと続く階段も既に発見しているが、今はまだ降りない。マップの作製が先だ。

一階では最後になるだろう音の反響を行い、跳ね返ってきた音を拾う。

その際、メルセデスは自らへと近づいてくる何か大きな物体の存在を感知していた。

足音を響かせながら現れたのは、左目に傷のある二足歩行のモグラのような生物であった。大きさは二メートル近くある。

友好的に話し合いに来た……という雰囲気ではなさそうだ。牙を剥《む》き、こちらを激しく威嚇《いかく》している。

身長百三十センチほどしかないメルセデスにとって、この魔物は見上げるほどに大きい。

ましてや前世は平和に生きた日本人であり、自分よりも遥かに大きい動物など動物園という安全が保障された場所でしか見た事がなかった。

普通ならば気圧されるのが普通だろう。だがメルセデスは自分でも不思議に思うほどに脅威を感じていなかった。

「なるほど、まさにファンタジーだな。まあ、シーカーをやる以上いつか戦う時が来るとは分かっていた」

貴重な明かりである枝を床に投げ、描きかけの地図も一度後ろに放る。

それから構えを取り、モグラと正面から向かい合う。

構えとはいっても、格闘技の経験などない素人だ。肩を相手に向けるようにして被弾面積を減らすといった素人でも知っている程度の事しか出来ない。

つまりは、この構えは殆ど形だけのものであって意味などないに等しい。

技術もメルセデスにはない。無いものには頼れないのだから技巧でこのモグラを倒す事は不可能で、実質的には単純な肉体スペックで戦うしかなかった。

だが、だからこそ意味がある。この素人体術でも戦う事が出来るならば、それはここまでの数年間が無意味ではなかった事の何よりの証明だ。

「……来い。私の強さをお前で試させてもらうぞ」

「ゴルルァァ！」

メルセデスの手招きに応じるように巨大モグラが吠えた。

振り下ろされる爪を妙に落ち着いた気持ちで見ながら、爪の一本を軽く掴んで攻撃を止める。

そのまま力競べになるが、モグラは腕を全く動かせない。

いくら力んでもメルセデスの細い腕から逃れる事が出来ず、プルプルと震えていた。

逆にメルセデスは余裕の表情で握力を強め、掴んでいるモグラの爪を罅《ひび》割れさせた。

そして力を軽く込めてゆっくりと爪を下へと降ろしてやれば、それに合わせてモグラの腕も下がり、メルセデスに跪《ひざまず》くような姿勢を強要される。

「ゴアッ！」

空いている方の腕がメルセデスを襲うが、こちらも難なくキャッチ。

ならばと口を開き、モグラはメルセデスの肩へと食らい付いた。

それに対しメルセデスは肩に力を込め、あえて噛み付きを受ける。

結果……モグラの鋭利な牙はメルセデスの肉どころか皮膚すら貫けなかった。

いくら顎《あご》に力を込めても、まるで鉄を噛んでいるようで噛み砕ける気がしない。

メルセデスはそんなモグラを見ながら、自分と相手との間にある力の差を理解し、そしてこれ以上はただの弱い者いじめだと考えて止《とど》めを刺す事にした。

……一瞬、躊躇に腕が止まる。いくら凶暴な魔物とはいえ、命は命。奪う事に躊躇いがないわけがない。

しかし、それだけであった。メルセデスは己の甘さを振り切るようにモグラの無防備な腹に膝蹴りを叩き込んだ。

凄まじい力で腹部を潰されたモグラは口から血を吐き出し、メルセデスの肩から離れる。

それと同時にメルセデスも右手をモグラから離し、拳を握った。

骨が軋《きし》む音が鈍く響き、腕に血管が浮き出る。

――殴打。

踏み込んだ床が罅割れ、殴られたモグラの牙が血と共に宙を舞う。

そしてモグラは壁を砕いて反対側の通路まで飛ばされ、更にもう一度壁を貫いて更に向かい側の通路へ。

そして三枚目の壁に衝突したところでようやく止まり、白目を剥いて倒れた。

モグラはもう、ピクリとも動かない。

「……死んだ、のか？　いや、私が殺したのか……」

生き物を殺した。

その事実を認識したメルセデスは静かに目を閉じて黙祷《もくとう》をした。

それから、僅かに震えている自分の手を見て思わず笑ってしまう。

よかった、と思う。自分は生き物を殺した事に僅かではあるが動揺している。

この冷め切った心にも、まだ少しは人間らしさが残っていてくれた。

「そのうち、慣れて何も感じなくなるんだろうな……」

自らを嘲るように笑い、汗を拭う。

これがこの世界で生きるという事。これが殺すという事。

いつか心は麻痺し、前世から希薄だった人間らしさがますます遠ざかっていくのだろう。

だが全ては自分で決めた事だ。自ら決めた道を今更引き返す気などない。

前へ、ただ前へ。止まる気はない。道は続いているのだから。

一階部分のマッピングを終えたメルセデスは、立ち止まる事なく二階へ続く階段を降りていった。

第六話　下積み・二

メルセデスが二階のダンジョン内をマッピングしながら徘徊していると、後方から数人の吸血鬼が歩いてきた。

人数は……十三人。かなりの大所帯だ。

ダンジョンは狭いので基本的に多人数で入る事に向いていない。

しかし彼等もそれは分かっているのか、適度に距離を空けて互いの邪魔にならないように歩いている。

どうやらかなりダンジョンに慣れているようだ。恐らくは他のシーカーだろう。

「おおん？　何でこんな所にガキがいるんだよ」

先頭を歩いていた男がメルセデスに目を付け、馬鹿にしたように言う。

その顔は侮《あなど》りに満ちており、メルセデスを見下し切っている。

吸血鬼は力に何よりの信を置く生物だ。それ故に弱者には厳しい。

「どうやってここまで来たかは知らねえけど、身の程を知りな。ダンジョンは子供の遊び場じゃねえんだよ。見たところ、松明《たいまつ》すら持ってねえじゃねえか。ザッハ通りの雑貨店で長持ちするキャンドルランタンが売っている。お買い得だ。松明をやるから、分かったらさっさと帰れ」

松明を乱暴に押しつけ、男はメルセデスに帰るように言う。

手で「しっし」と追い払うようにしており、感じが悪い。

「初心者のうちは魔物避けの香料を買って簡単な依頼をこなし、金を貯める事だ。でないと後でつらくなる。無駄な話をしたな。身の程を弁《わきま》えろ小娘」

別の男がまたメルセデスをけなし、振り返る事なく歩いていった。

「おいおい、装備すら持ってねえじゃねえか。ダンジョン馬鹿にしてんのかあ？　興味があれば四丁目の工事現場に行って鉄パイプでも分けてもらえ。奴等はガキに甘いから頼み込めば槍《やり》に加工してくれるし、最初のうちは安い武器を買うよりそっちの方がいい。まあお前には関係ねえ事だな。ダンジョンのイロハも知らん素人がウロウロすんな」

言うだけ言い、シーカーの集団は歩き去っていった。

きっとこれから、奥の方を目指すのだろう。あれだけの人数を揃えているのだから、その本気度が窺える。

侮られはしたが、しかし正論でもあった。今のメルセデスは自分と彼等の差すら把握していない素人だ。確かに遊んでいると思われても仕方ない。

今はまだ、彼等と同じ場所には行けない。そう判断し、メルセデスは仕事に戻った。

◆

メルセデスが都に戻った時、時刻は既に午前十一時を回っていた。

日はすっかり昇っており、朝も遅いこの時間は大半の家庭が眠りに就いている。普通は『朝早い』と言うべきなのだろうが吸血鬼にとっては『朝遅い』が正しい表現だ。

夜はあんなに賑やかだった町中も、今は静かなものだ。

しかしシーカーギルドは二十四時間営業している。メルセデスはギルドの中へと入り、その後を縄で繋がれた青い狼男が続いた。

ヴァラヴォルフ・ブラウは巨大モグラと比べるとまるで大人しい魔物で、メルセデスを見ただけで戦意喪失してしまった。

それからメルセデスは軽く狼男を躾《しつ》け、ここまで連れてきたのだ。

「あら、お早いお戻りね。依頼放棄かしら？」

「馬鹿を言え。後ろの奴が見えないのか？」

往復時間から考えるとメルセデスの戻りは早すぎる。

故に依頼放棄かと取られたのだろうが、それはとんでもない誤解だ。

メルセデスはダンジョンの一階と二階を完全に網羅した地図と、二階にあった泉から水を採取した瓶、最後に捕獲したヴァラヴォルフ・ブラウを引き渡した。

「驚いた。こんな短時間で往復するなんて、どんな魔法を使ったのよ」

「どうもこうも、魔法を使ったんだよ」

「そういえば風属性だったわね。でも『フリーゲン』で飛んでもこんなに速く移動出来るものかしら。……まあいいわ、とにかく依頼達成ね。それじゃあ、これが報酬よ」

そう言い、受付が渡してきたのは一万エルカ札が四枚だ。

一万エルカはこの国で最も高い紙幣であり、過去の偉人が描かれている。

頬の痩せこけた吸血鬼の男で、本によると確かこの男は史上初めて吸血鬼の国を建国した初代国王だったか、とメルセデスは思い出す。

「地図の出来がよかったから少しオマケしておいたわ。次もこの調子で頼むわよ」

◆

翌日の夜、メルセデスは再び都を訪れていた。

余談であるが、この世界……というよりは吸血鬼達の間では一日の始まりとは午前零時を指し、一日の終わりは午後零時を指す。

つまり真夜中に一日が始まり、日が昇れば一日が終わるのだ。

月光に照らされた闇夜こそが吸血鬼の時間だ。今日も僅かな明かりに照らされた薄暗い街は喧噪に満ちている。

メルセデスがまず訪れたのは大型雑貨店だ。

ここではさまざまな日用品が売られており、中には探索の役に立つ物もある。

まずキャンドルランタン。硝子《がらす》の中に蝋燭《ろうそく》が入っていて、蝋燭一本で二時間明かりが持続する。蝋燭は別売りで十本セットが販売されており、蝋燭を取り替える事でずっと使える便利な品物だ。

メルセデスはランタンを一つ、蝋燭セットをとりあえず三つ買い物籠に入れて次の場所へと向かった。

次は靴だ。シーカーはその仕事上、とにかく荒れ地であろうが何だろうが歩き回る必要があり、脆《もろ》い靴だとすぐに壊れてしまう。実際メルセデスの靴も昨日一日酷使しただけで限界を迎えていた。

なので買う靴は耐久性に優れた竜皮の物を選ぶ。

商品横の説明書きを見るに、レッサードラゴンという種から採った皮で、高い耐久性と防水性を誇るようだ。

更に爪先部分には同じくレッサードラゴンの骨を埋め込む事で爪先の保護もしているという。安全靴のようなものか。

メルセデスはこれを予備も含めて二つ買い物籠へ投入し、次の場所へと向かった。

次に必要なのは、何といっても服だ。頑丈で、汚れてもいい服が欲しい。

現在のメルセデスの服装はヒラヒラしたもので、とても探索向きとは言えない。

しばらく服を物色し、やがてメルセデスが選んだのは白いシャツと、その上から着込む竜皮のマンタレイベスト。

下は動きやすさを重視した短めのズボンと、膝などを保護するスパッツ。

最後に防寒具として黒いコートをその場で購入した。

最後に食品コーナーへ。目的は勿論日持ちする保存食の購入だ。

贅沢を言えば、お菓子感覚で食べる事が出来るブロックタイプのバランス栄養食のようなものがあれば一番いい。

しかしそれは流石にないだろうと分かっているので、とりあえずの目当てはチョコレートだ。

甘いお菓子としてのイメージが強いチョコレートだが、これが非常食として優秀なのは有名な話だ。

ダンジョンに数日潜る事もあるだろうと考えると、これは持っていきたい。缶詰があれば、それも買っていいだろう。

そう思っていたのだが、しかしメルセデスの期待は裏切られた。いや、というよりもメルセデスが期待しすぎていたのだ。

結論から言えばバランス栄養食がないのは当たり前として、チョコレートも缶詰もなかった。

これは決して、この世界の文化水準が低いわけではない。

まず、メルセデスが欲しているブロックタイプのバランス栄養食が初登場したのは一九八〇年代だ。この世界に、そんな最近に登場したものがあるわけがない。

缶詰の歴史は一八一〇年にイギリスが初めて作ったもので、余裕で中世など過ぎ去った後の事だ。

チョコレートの歴史は古いが、それでもチョコレートの原型となる飲料がヨーロッパに現れたのは一五一九年を過ぎてからの事であり、それもスペインのみでの普及であった。

近代のよく知られているチョコレートなど、十八世紀まで待たなければ現れない。

では何が保存食や非常食として普及しているのだろうか？　その答えは、メルセデスの前に並ぶ瓶詰の赤い液体にあった。……血だ。

それはそうだ。ここは吸血鬼の国なのである。

ならば、吸血鬼が愛用する食料など血液に決まっているではないか。

血液がそんなに長く保存出来るのかという疑問もあるが、まあ実際に売っているのだから何とかしているのだろう。ファンタジーってすごい。

無論吸血鬼といえど、それしか口にしないわけではないし、普通の野菜や果物、肉なども食べる事が出来る。

だが彼等にとって一番効率のいい食とはやはり血液なのだ。

メルセデスも、生まれてからこれまでに一度も血液を飲んでいないわけではない。

こういう種族に生まれた以上仕方がないし、慣れる必要もあると割り切っている。

だから何度か飲んでもいるのだが……どうも、口に合わない。

いや、美味と感じてはいるのだ。吸血鬼という種族である以上、舌の上を通る血液の味を甘露と感じないはずもなく、確かに美味いと思っている。

だが、それを美味いと思う自分自身に嫌悪感を抱いてしまう。

それが『口に合わない』という思い込みを無意識で生み、血液への軽い拒絶反応へと繋がる。

だからメルセデスは、血というものを必要以上に口にする事はなかった。

婆やにも血を料理に混ぜる際は、自分に言わなくていいと伝えてある。

それが血だと思うから思い込みが味覚を邪魔し、拒絶へと繋がる。

悲しい事だが、知りさえしなければ本能的にそれを美味いと感じてしまう身体である。精神とは別に、この身体はやはり血を求めているのだ。

しかし諦めるのはまだ早かった。しばらく食品コーナーをうろついてみると、何とカカオ豆が見つかったのだ。

ただし人気はないらしく、ひっそりと食品コーナーの端っこに置いてあるというぞんざいな扱いではあったが……。

これにはメルセデスも思わず顔をしかめてしまった。

（おいおい、地球ではかつて貨幣代わりに流通すらしていた贅沢品が何て扱いだ……。ファンタジーあるあるとはいえ、誰もこれの価値に気付いていないのか？）

慣れ親しんだチョコレートの登場は十八世紀以降だが、それ以前からもカカオは嗜好品《しこうひん》として親しまれてきたはずだ。

カカオを粉にして湯に溶かし、バニラやコーンミールを入れた飲み物は古くから人々に愛され、それが少しずつ改良を重ねてあの形となったのだ。

しかしまさか、この世界ではカカオ豆をそのまま叩き売りしているとは……。

（カカオを使った飲み物は薬用、及び強壮用だったと聞く。血液で全てを賄《まかな》える吸血鬼には必要なかった……だから全く普及しなかった、のだろうか）

考察をいくらしても仕方がない。きっと、こうなってしまうだけの自分には分からない何らかの理由があったのだろう。

どちらにせよ今言える事は、目の前にお宝があって、それがギャグのような値段で大安売りされているという事だ。

値段を見るに、貴重ですらないのだろう。

（……まあ、色々突っ込みどころはあるが好都合と割り切ろう。上手くすればこれで一財、築けるかもな）

金の生る木が目の前にある。そして周囲の人々は誰もかれもが、この輝く黄金の木に気付かず過ぎ去ってしまっている。

これを上手く利用すれば、どれだけの収益が見込めるか……。

まあいい。誰も見向きしないならば自分が使うだけだ。

メルセデスはそう思いながら、カカオ豆を買い物籠に入れられるだけ入れる。

それから砂糖。牛乳は残念ながら見つからないので、別の店を当たるしかないだろう。

更にすり鉢のような物もあったので購入。名称は違うが、やはり料理に使う道具というのはどんな国、どんな場所でも似たような形状へと行き着く。

続けて鍋、細めの棒を買う。これは後で使う予定だ。

バニラと似た物があったのは幸運だった。流石は長い歴史を持つ香料だ。

異世界の人々といえど、バニラをスルーは流石になかったらしい。

後はここにもう一つ、何か冷やす物が欲しい。冷蔵庫など流石にないだろうが、何か代用出来る物はないだろうか。

そう思ってしばらくウロウロしていると、やがてメルセデスは『魔石』と書かれたコーナーへと辿り着いた。

「すみません。魔石とは何ですか?」

「ああ、はい。お嬢さん魔石は初めて見るの? これはね、魔法を閉じ込める石に魔法を封じておく事で、誰でも魔法を簡単に使えるようにするアイテムだよ」

店員から説明を聞き、随分便利なものがあるのだなとメルセデスは感心した。

やはり魔法がある世界ならば魔法があるなりの独自の発展をするらしい。

メルセデスは氷の魔法が閉じ込められた魔法石を探し、同じようなものがいくつかあるのを発見した。店員に聞いたところ、値段が高い物ほど効果が高いという。やはり主な使い方は戦闘用か。

しかしメルセデスはあえて一番安い物を購入し、更に製氷皿と密封性の高い箱も購入した。

大型雑貨店を出て、次に向かったのは牛の飼育小屋だ。ここでは金を出せば搾《しぼ》りたてのミルクを貰う事が出来るらしい。

牛と言うからには白と黒のホルスタインを想像していたのだが、小屋の中で柵に囲まれて飼育されていたのは白と黒の模様の二足歩行の牛のような魔物であった。

「……これは？」

「何だ嬢ちゃん、ミノタウロスを見るのは初めてかい？」

飼育員はミノタウロスの姿を特に気にした様子もなく、二足歩行の魔物の乳を搾る。

二本足で立っている牛のような何かがモーモー泣きながら白い液体を出し、それがバケツに溜まっていく様は、まるでこの世の地獄のような光景だ。

普通の牛も探せばいるのかもしれないが、少なくともこの都ではミルクはこうして魔物から絞られているらしい。

深く考えると何も口に出来なくなりそうなのでメルセデスは二足歩行の牛の事をなるべく気にしないようにしてミルクを購入し、買い物を終えて家へと帰宅した。

まさかの予定変更だ。本当は準備を終え次第再びダンジョンへ向かう気だったのだが、それよりもやる事が出来てしまった。

だがこれが出来れば、今後のダンジョン攻略が楽になる。

それを思えば、これもまた必要な準備なのだ。

第七話　迷走

カカオ豆を多めに購入したメルセデスは早速、チョコレートの製作に取りかかった。臭いは強烈だが、これは慣れるしかない。

母は『カカオ豆なんてそんなに買ってどうするの』と言っていたが、出来上がったチョコレートを見れば評価も変わる事だろう。

どうもこの世界でのカカオ豆は一部のコアなファンが付いている嗜好品らしい。

臭いがあまりに強烈なので好きな吸血鬼は少数だが、これを湯に溶かし、唐辛子などを入れて臭いを消して飲む者もいるという。

普及していない理由が一つ分かった気がする。

吸血鬼は嗅覚も人間より鋭敏だ。あまり強い臭いは避けてしまうのである。

まずメルセデスは野外に設置されているオーブンを使って豆をローストした。

この世界で一般的に使われているオーブンは煉瓦《れんが》などで造られた野外設置型が主流だ。

焼いている間にそこらの手頃なサイズの丸い石をよく洗い、ヤスリで削り、地魔法の応用で形を整える。

そうして円形のローラーを二つ作り、地魔法で中央に小さな穴を空けた。魔法パワー万歳だ。

それから鍋の中に細い棒を通してローラーを繋げる。

鍋の底を擦るように回転するのを確認し、それからしばらく細工を加えてローラーの動きなどを調整。

前世の頃にネットで見た業務用の撹拌機を再現してみたものだ。

やがて、とりあえず即席ならこんなものだろうと作業を切り上げた。

いい具合に焼けたカカオ豆の胚芽を取り、皮を剥いてすり鉢へ投入。

入れる前に重さを測って砂糖とのバランスを考えるのも忘れない。

そうしたら次はハンマーで砕く、砕く、砕く。

便利な機械などないので、ここは手でやるしかない。根気のいる作業だが、吸血鬼の体力ならばいける。

ある程度砕いたらすり鉢に移してゴリゴリと削り、液体状になったら次は最も面倒な精錬だ。

これは三十時間だったり四十時間だったり、機械を使ってやる作業なのだが当然その機械はない。

柔らかな舌触りにする為に七十時間以上やるのも珍しくないという。

メルセデスはドロドロになったカカオを先程造った鍋に移し、風の魔力を放った。

新しく創った風の魔法で、その効果は指定した対象を風の力で回転させ続けるというものだ。

ただしあまり大きな物は動かせないし、攻撃力も皆無。戦闘に使える魔法ではない。

だが攻撃力を犠牲にして持続力に全振りしたので、効果時間だけは長い。

この魔法を先程造った鍋の中のローラーにかけ、回転させた。

これで魔法の効果が切れるまで、勝手に精練を続けてくれるだろう。

並行して、半分ほどは精練をすっ飛ばして湯煎で溶かしてみる。

どちらがよくなるかを試す意味合いを兼ねているが、まあ手間のかからない分こちらは味も落ちるだろう。

その日一日はトレーニングなどをして時間を潰して就寝し、翌日になったところでローラーが止まったので精練もとりあえず終了。どうやらこの魔法の効果時間は大体二十四時間といったところらしい。

トロトロになったチョコもどきにミルクと砂糖を加え、ここでもう一度火にかけてドロドロにし、ボウルに入れて冷水に漬けて冷やす。冷水を作るのには氷の魔法石を使用した。

冷やしたものを再度湯煎にかけてテンパリング。温度計が欲しいが、ないので適当に勘でやるしかない。

最後に製氷皿に入れて一口サイズに調整。

本当は板チョコ用のモールドが欲しかったが、それはなかったのでこれで代用する。

購入しておいた箱の中に氷の魔法石を入れて簡易冷蔵庫とし、製氷皿を投入。チョコレートを冷やした。

しばらくトレーニングをして時間を潰し、出来上がったチョコレートを取り出し、一つだけ口に放り込んだ。

舌触りは前世で食べていた百円チョコレートにすら遠く及ばず、味もまだまだ改良の余地あり。

何かモサモサしているし、口に入れただけで簡単に崩れてしまう。はっきり言って不味い。

しかしとりあえず、ギリギリ贔屓目に見て何とかチョコレートと呼んでいいだけのものは出来たようだ。

……が、精練とテンパリングを飛ばした物と出来が殆ど変わらなかった。

所詮素人がネットで見た知識だけで作ってもこんなものである。プロでも難しいものを素人が知識だけで真似たところでうまくいくわけがない。

結局、次からはすり鉢で潰して溶かして固めるだけでいいと結論付けた。

「ま、最初から高望みはせんさ」

誰に聞かせるわけでもない負け惜しみを口にし、出来上がったチョコレートを紙で包んでクーラーボックス内に保存していく。

その後いくつか作ってみたが、ミルクを入れない方が長持ちするので結局ミルクは無用の長物と化してしまった。勿体ない。いや、ミノタウロスから絞ったミルクなど飲まない方がいいかもしれないのでやはり勿体なくはない。

しかしこのままではまだ溶けやすいので、粉になるまで砕いたパンに混ぜ込んで焼き、チョコクランチもどきにする。

どんどん当初目指した物から遠ざかっている気がしないでもないが、要は保存が出来て持ち運べれば何でもいいのだ。

「……失敗は成功の母だ、うむ」

負け惜しみではない。

断じて負け惜しみではない。

◆

シーカーギルドへやってきたメルセデスは、再びシュタルクダンジョンのマッピング依頼を受ける事にした。

今回は依頼で稼ぐ事より、ダンジョンに入る事そのものが目的だ。

目的は主に二つ。まず一つはダンジョン潜りのパートナーを得る事。

メルセデスは現在ソロであり、また仲間を集う気もなければどこかのパーティーに入れてもらう気もない。

余程気心の知れた仲ならばともかく、昨日今日会ったばかりの他人に背中などとても預ける気になれないし、ましてやシーカーは命を対価に金を得る荒くれ者達だ。いつ金欲に目が眩《くら》んだ者に後ろから刺されるか分かったものではない。

実際、そういうケースは珍しくないほどに溢れている。

他人は信用出来ない。しかし実際問題、ソロでは限界があるだろう。

今はまだ何とかなっているが、それでも数がいれば出来る事も増える。

メルセデスの手はどう足掻いても二本しかないのだ。ならばまず、好きに使える労働力が欲しい。

だから今回メルセデスは、よさそうな魔物を捕獲する事を目的にしている。

出来ればある程度賢く、手を器用に使えるのが望ましい。

先日捕獲してペットショップに引き渡した狼男のような魔物もいい。躾けてみて分かったが、あれは見た目はともかく基本的には犬だ。

上下関係をしっかり教えてやれば従順に従い、それでいて二足歩行だからか、犬よりもかなり賢い。荷物持ちにすれば大いに役立つだろう。

靴や服装をしっかり整えた事もあり、今回は前よりも深く潜ってマッピングを行う。ランタンの調子も良好だ。

一階では魔物は出現せず、二階へと降りた所で蛇の魔物から出迎えを受けた。

全長は十メートルを超えるだろうか。前世で言うとネット上で見たアミメニシキヘビという蛇と同じくらいの大きさかもしれない。

メルセデス目掛けて飛びかかる蛇の首を掴み、尾も掴んで結んでやる。

固めに結んでやったが、そのうち自力で解くだろう。

更にしばらくマッピングをしていると、今度は大きさにして百八十センチくらいあるだろう二足歩行の鼠が出現した。

メルセデスは敵の姿を認めると同時に地を蹴り、肘打ちを胸部へと叩き込む。

それだけで巨大鼠は地に伏し、動かなくなった。

(鼠か……二足歩行ではあるが、頭はあまり良くなさそうだ。それに手先もそんなに器用ではないだろう)

これも捕獲対象外。

メルセデスは倒れている鼠を無視して更に奥へと進んでいく。

しばらく進むと、新たに道を塞ぐ魔物が現れた。

今度は、剣と盾を装備した骸骨《がいこつ》だ。牙が尖《とが》っているので恐らく生前は吸血鬼だったのかもしれない。

とはいえ、肉がないのでは吸血鬼のパワーもスピードも残ってはいまい。

カタカタと音を立てながら我武者羅に剣を振り回すのを見るに、知能もなさそうだ。

まあ、知能を言うならば脳がないのに動いている時点で大概あれなのだが、そこはファンタジーあるあるで納得するしかないだろう。

メルセデスは躊躇なく骨を蹴り砕き、持っていた剣と盾を強奪した。

嬉しい誤算だ。よさそうな魔物を探して牙や骨で槍でも作ろうと思っていたのに、まさか武器そのものを持ってきてくれる奴がいるとは。

軽く剣を振り、とりあえず自身の力に耐えられる事を確認。

盾はメルセデスにとって大きすぎるし、何より片手はランタンで塞がっているので捨てる事にする。

剣もメルセデスの身長からすれば大剣と形容していいが、片手で扱えるので問題はない。

だがこれでますます地図が描きにくくなってしまった。やはり荷物持ちを早く確保しなければ。

三階へ降りると、遠くから何やら悲鳴が聞こえてきた。

魔物……ではない。恐らく吸血鬼《ひと》の声だ。

メルセデスは声の方向へと走り、幸いにも入り組んでいなかったのですぐにそこに到達する事が出来た。

そこで見たのは何人かの吸血鬼が倒れている凄惨《せいさん》な血の海であった。

剣や防具が砕け、中には一目見て明らかに絶命していると分かるくらい酷く損傷している者もいる。

彼等には見覚えがある。先日ダンジョン内で出会った、ベテランと思われるシーカー達だ。

そして、悲鳴の主と思われるのは痩せ細った男だ。防具などは一切身に付けておらず、恐らく周囲で倒れている連中が護衛だったのだろうと推測出来た。身なりからして商人だろうか。

そんな男の前にいるのは身長が二メートル半を超える人型の怪物だ。頭部からは一本の角を生やし、特筆すべきは腕が六本も生えている事だ。

それぞれの腕に武器を持ち、立派な体躯と相まって凄く強そうな印象を受ける。

メルセデスはその姿を記憶と照らし合わせ、本で読んだ魔物の記述と特徴が合致する事で名前も判明した。

（あれはオーガか！）

オーガ。ダンジョンの最奥などに構え、シーカーの前に立ち塞がる危険な奴だ。

鍛えた吸血鬼にも勝る豪腕と、生半可な刃など通さない鋼の皮膚を併せ持ち、知能も高く人型の魔物の中では極めて危険とされている。

更に腕が複数生えているものはアシュラ種とされ、オーガの中でも一際危険とされていた。

……もっとも、本にはイラストや写真がなかったので確証には至っていないが。

全く、何で絵の一つも描いていないのだと本気で文句を言いたくなる。まさか絵という文化がないはずもないだろうに。

まあそれはいい。問題はそのオーガ（仮）が今、男目掛けて剣を振り下ろそうとしていた事だ。

無論見殺しにする趣味などない。メルセデスは咄嗟《とっさ》に飛び込んで剣の腹を蹴って軌道を逸らし、男を救う。

そのまま剣はオーガ（仮）——面倒だ。もうオーガでいいや——の手から落ち、突然の乱入者にオーガは動きを止めた。

「何者だ……」

どうやらこいつは普通に話せるようだ。

見た目通りの野太い声は警戒の色を滲《にじ》ませ、小さな乱入者を油断なく見る。

「シーカーだ。マッピングの依頼を受けてこのダンジョンに来た。どうも捨て置けない事態のようなのでな、勝手ながら割り込ませてもらうぞ」

先程入手した剣を適当に構え、オーガを見る。

相手の腕は六本、武器は奇襲で一つ落としたので五本。

数だけを見ればこちらの圧倒的不利だ。

これをどう対処するかが、この戦いで重要になるだろう。

「愚《おろ》かな」

オーガは吐き捨てるように言い、剣を振り下ろした。

メルセデスは素早くランタンを商人の方に投げ捨ててから、自身に向かう刃を前に口角を吊り上げ、剣で軽く払って叩き落す。

驚愕に息を呑む気配が伝わり、しかしすぐに第二撃が訪れた。

今度は腕二本での同時攻撃……しかし多ければいいというものではない。

心臓目掛けて放たれた突きは身体を少し動かす事で避けて、相手の腕を脇で挟んで止める。

続けて振り下ろされた刃は、拳を掴む事で止め、更に無理矢理に指を開かせて剣を落とさせた。

そのまま零《こぼ》れた剣を強奪して二刀流となり、一度バックステップで距離を空ける。

「これで武器の数ならば三対二だ。結構何とかなるものだな」

「……」

挑発するようなメルセデスの言葉にオーガは何も言わない。

しかし額を伝う汗は言葉よりも雄弁に彼の心境を語っていた。

外見で侮った……とは言い訳にもなるまい。今までよりも警戒を強め、全神経を尖らせてメルセデスを見る。

最早油断はしない。見た目と一致しない強敵であると理解した。

両者が同時に地を蹴り、剣戟の火花を散らした。刃と刃が衝突する音が連続して響き、目まぐるしく立ち位置が変わる。

時間にしてほんの五秒程度だろうか。まるで数分にも感じられた攻防の末、一本の剣が宙を舞い、地面に突き刺さった。

「これで二本」

「ぬう……」

とうとう武器の数で並び、二刀流同士の戦いとなった。

再び剣戟が再開され、だが今度は明確にメルセデスが圧倒している。

オーガも何とか食らい付こうと武器を持っていない腕で攻撃を行うが、それに合わせて蹴りを叩き込まれて拳を砕かれ、剣の柄で殴られてへし折られ、まるで太刀打ち出来ない。

再び刃が宙を舞い、とうとうオーガの武器は一つだけとなってしまった。

「一本」

「ぐ……ぐおおおおお！」

オーガが吠え、これまで以上の速度で刃を振るう。

だがメルセデスはこの僅かな戦いの中で動きを見切ったのか、刃で防ぐ事すらせずに涼しい顔で全てを避けていた。

そして反撃。剣を振り上げ、最後の一本を叩き落とした。

そのまま間髪を容れずに刃をオーガの首元に当て、動きを封じる。

「勝負あり……だな？」

「……ああ。俺の負けだ」

六本の剣を全て落とし、首に刃を突きつけた。

これでまだ負けていない、とはとても言えまい。

オーガは諦めたように敗北を認め、その場に膝を突いた。

第八話　最初の仲間

メルセデスとの戦いに敗れたオーガは、抵抗の意思をまるで見せなかった。

それどころか死を受け入れるように跪き、首を差し出す。

それはまるで主に従う臣下のようですらあり、メルセデスに戸惑いを感じさせた。

「潔いんだな。私の勝ちだとは言ったが、全く抵抗されないとは思わなかった」

「我等オーガ族は強さこそが唯一にして絶対の法だ。そして我等は自らに勝利した者には敬意と忠誠を尽くす。貴女は勝者だ。したがって俺を好きにする権利がある……無論、殺す権利も。俺は我が一族の法に殉《じゅん》じよう」

メルセデスは油断をせずに、オーガの言葉を頭の中で反芻《はんすう》していた。

そういえば確かに、オーガについて記された本にそのような記述があった気がする。

〝オーガは危険な魔物だが、もしもこれを一対一で打ち倒す事が出来たならば、その者は生涯裏切る事のない忠実な下僕となってくれるだろう〟と。

更に本にはこうも書いてあった。

〝ただし、オーガが忠誠を尽くすのは生涯に唯一人のみ。初めて一対一で敗れた相手を主と認め、その忠誠は以降絶対に変動しない。

したがってオーガに勝利しても、そのオーガに既に主がいる場合は勝者の物にはならない〟

（……拾い物、かもしれないな）

人の口から出る忠誠など全く信用に値しない。人は欲の為にすぐに裏切る。

だが本能に裏打ちされた魔物の忠誠ならば、一考の価値があるとメルセデスは考えた。

人が人に忠誠を誓うのと、動物が本能で群れのリーダーに従うのは全く違う。前者は裏切るが、後者は裏切らない。

群れのリーダーの座を懸けて戦う事はあるだろうが、狩りの最中に従う振りをしていきなり騙《だま》し討ちなどはしないだろう。

だが人はそれをやる。やってしまえるだけの知恵と欲があるからだ。

知恵という点で語るならばオーガにも当てはまるのだが、本能から来る忠誠心は試すだけの価値と魅力がある。

知恵があろうと食欲や睡眠欲、性欲を完全に抑える事は出来ないのと同じように、『強者に従う』本能が知恵を上回っているならば仮にこいつが裏切りを考えたとしても実行に移す前にその予兆くらいは表れるはずだ。

メルセデスは剣を引き、オーガを見る。隙を見せているが、動く様子はなし。

殺してしまうのは簡単だが、もしも裏切らないというのが真実ならば、それはあまりに勿体無い事だ。

「ならば問おう。今後は私の手足となり、私に従うか？」

「それが望みならば」

「よし。ならばそこで待っていろ」

「御意。我が主よ」

思いがけず荷物持ちを確保出来た。

まだ信用は出来ないが、今後しばらく観察するとしよう。

それより、今は商人とその護衛を見るのが先だ。

護衛は……駄目だ。どれも完全に死んでいる。再生力と生命力に優れた吸血鬼といえど不死ではない。

前世で見た物語の吸血鬼ならば『首を斬った？　心臓を貫いた？　それがどうした』とか言いながら復活してきそうなものだが、この世界の吸血鬼はそれほどチートというわけではないらしい。

生きているのは、残念ながら商人一人だけのようだ。

「終わったぞ。立てるか？」

「お、おお……ありがとうございます……本当にありがとうございます……も、もう駄目かと……」

商人はガタガタと震えながらメルセデスへと何度も感謝の言葉を述べる。

それにしても酷い有様だ。

身体は痩せ細り、まるで骸骨のようだ。

もう何日も食べていないのだと見て分かる。

「見た所、商人と雇われた護衛のようだな……護衛の方は全滅しているが」

「は、はい……お察しの通り私は商会を営んでおります。トライヌ商会というのですが……ご存じでしょうか？」

「知ってるも何もこの国有数の大商会じゃないか」

トライヌ商会……大都市ブルートを拠点にした吸血鬼の国でも指折りの大商会だ。

先日メルセデスが買い物をした大型雑貨店もトライヌ商会のものである。

彼の話が本当ならば、彼はその大商会の長という事になる。

そんな大物が何だって、こんなダンジョンで死にかけているのだ。

「何があった？」

「我が商会は近年、他の商会に抜かれつつありまして……そこで、ダンジョンを制覇した者には巨万の富が与えられるという話を聞き、都市でも指折りのシーカーを雇ってこのダンジョンの制覇に乗り出したのです」

ダンジョンを攻略した者には富が与えられる。

これは、シーカー達の間で伝えられているお伽噺《とぎばなし》のような夢物語だ。

実際、過去にダンジョンを制覇したというシーカーが宝石や金銀財宝を持ち帰ってきたという実例もあり、あながち眉唾物というわけではない。

ダンジョンの奥には宝の山が眠っているとシーカー達は信じているのだ。

「私は、Bランクと名高いシーカーを三チーム雇いました。三チームとも四人構成で、確かな実績と経験を持っていたのです」

Bランクは普通に雇えるシーカーとしては最高のランクと言っていい。

これより上のAランクは殆ど国や貴族の専属であり、上から回される依頼を優先的に受け続けているのでいかに大商人といえど簡単には雇えない。

だからこそそのBランクであり、そして彼は金に糸目をつけずに三チーム、合計十二人も雇ってダンジョンの攻略に乗り出したわけだ。

「途中までは順調でした……しかし、十階層を超えた辺りから魔物の強さが跳ね上がり、それでも何とか最下層まで到達したのですが、それが間違いでした。辿り着くだけで力も道具も使い果たしてしまった護衛達は次々と死んでいったのです」

商人は思い出したのか、自分の肩を抱くようにして震えた。

『まだ行けるはもう危ない』。最初にこれを口にしたのは誰だったか。

自分達にはまだ余力がある。だからまだ行ける。

こう考える時点で既に赤信号だ。悩むところまで来たならば素直に撤退するべきである。彼は判断を間違えたのだ。

「生き残った者達と私はすぐに撤退する事を決めました。しかし食料を積んだ鞄は逃げる途中で重荷になり、追いつかれそうになった際に捨ててしまいました」

メルセデスは血液を詰めた瓶は持っていなかったのかと聞こうとしたが、止めた。

それだけの大混乱の中で瓶詰の血液など残っていれば奇跡だ。

壊れやすい上に場所を取る……まず破損したと考えていいだろう。

地球の歴史でも缶詰が登場する前にはフランスのニコラ・アペールが発明した瓶詰の貯蔵法が重宝されていたが、これも容器が破損し易いという問題を抱えていたという。

そう、瓶は壊れやすく長期保存や持ち運びには向かない。だから缶詰が登場したのだ。

「私達は飢《う》えと闘いながら必死に上を目指しました。そしてようやくここまで戻ってきたのですが……最下層から私達を追ってきた魔物がいたのです」

「それがあのオーガか」

「はい……ただでさえ強いオーガに、弱り切ったシーカー達は成す術もなくやられてしまいました。貴女が来なければ私も今頃死体となっていた事でしょう」

十二人のシーカーが全滅した。その話を聞き、メルセデスはますます味方を増やす事の重要性を認識させられた。

そういう意味ではあのオーガを倒せたのは運がよかったのだろう。

自分一人でも余力をもって勝てた事を考えるとあれは恐らく最下層でも弱い部類だろう。

シーカー達を全滅させる事が出来たのは、商人の語るとおりにシーカー達が弱り切っていたからと考えていい。それでも十分今後の戦力になるはずだ。

「とりあえず地上に戻ろう。私が同行する。それと……そこのオーガ、名前は？」

「名はありません。好きにお呼びください」

いきなり好きに呼べと言われても困る。

これは自分が名前を付けねばならない流れなのだろうか、とメルセデスは考えた。

まず真っ先に思い浮かんだのはアシュラだが、元々アシュラ種のオーガなので安直すぎる。

（どうしたものかな。武器を沢山持っているオーガか……武器を沢山……何となく武蔵坊弁慶を思い出すな）

メルセデスは少し考え、他にいい名前が思い浮かばなかったのでこれを名前にしてしまう事にした。

でかいし武器を沢山持っているし、案外似合うだろうという安直な考えのネーミングだ。

「ならばお前の名は今からベンケイだ」

「ベンケイ……よき名です。その名、しかと覚えました」

「よし、ベンケイ。そこの倒れているシーカー達を運んでやれ」

彼等はもう死んでしまっているが、せめて地上には戻してやりたい。

そう思ったメルセデスはオーガ――ベンケイに死体を運ばせる事にした。

シーカー達も自分達を殺《あや》めた本人になど運ばれたくないだろうが、こんな所で遺体が朽《く》ちるよりはマシなはずだ。

「立てるか？　ええと……」

「トライヌです」

「トライヌ氏か。立てないなら肩を貸すぞ」

商人の名はどうやらトライヌというらしい。商会に自分の名前を付けていたわけだ。

メルセデスは彼に立つように促すが、やはりというか立つ気配がない。

ここまでの逃亡と飢えで、立つ力すら彼からは失われてしまったのだ。

このままだと地上に着く前に飢え死にしそうだ。そう思ったメルセデスは、袋からいくつかチョコクランチもどきを包んだ紙を取り出し、包装を解く。

この国で一般的に使われている紙は羊皮紙である。

ただし羊皮紙とは言うが、実際は羊の皮ではなく魔物の皮を使って量産しているらしい。

それはそうだ。貴重な家畜の皮をわざわざ剥がずとも、魔物がダンジョンから湧いてくるのだからそちらを使うに決まっている。

一応、植物から作る紙もこの世界にあるらしいのだが、こちらは羊皮紙に比べてあまり見かけない。

植物紙が羊皮紙にとって代わり、紙の主流となった理由はいくつかあるがその理由の一つがコストパフォーマンスの差だ。

羊皮紙は製造過程で手間がかかり、コストが高い。羊一匹から取れる量もたかが知れていて、何匹もの羊から皮を取って、ようやく聖書が一冊出来るくらいだったはずだ。

中世では聖書一冊が現代の価格に換算して百万単位の高級品だったという。

だから材料がより安価で多く存在している植物紙の方が主流になるのは自然な流れだ。何なら植物紙は雑草からでも作れてしまうのだから、植物を狩り尽くして荒野にでもしない限り資源は無限に近いと言っていい。

ではこの世界では何故未だに羊皮紙が主流なのだろうか。少なくとも植物紙を作る技術は存在しているのだから植物紙に切り替えてもおかしくない。

その理由を、メルセデスは『材料が十分にあるから』と結論付けた。

先述のとおりこの国で使われている羊皮紙の材料は羊ではなく魔物で、魔物はダンジョンからどんどん湧いてくる。つまり羊皮紙を作る材料費がタダなのだ。

これではなかなか植物紙に切り替わらないだろう。

「これを食べておけ。少しはマシになる」

「あの……これはもしや、動物のフンでは……」

「違うから安心しろ」

仕方ないとはいえ、酷い第一印象である。

メルセデスが半端な知識で作ったチョコクランチもどきは確かにお世辞にもいい見た目ではなく、動物のフンが固まった物のように見えてしまう。

トライヌは匂いを嗅ぎ、やがて決心したようにチョコレートを口に放り込んだ。

すると表情から警戒は消え、代わりに驚愕が露わとなる。

「これは……不思議な味だ。甘いのに苦い。初めて食べる……いや、この味はどこかで……？」

それからトライヌはチョコレートを次々と食べ、渡された分をあっという間に全て平らげてしまった。どうやらお気に召したようだ。

「あの、ええと……」

「メルセデスだ」

「あ、これはどうも。メルセデスさん、これをどこで？」

「自作した。高カロリーでよさげな非常食が店になかったものでね」

「これを自作と⁉　それは素晴らしい。是非作り方を聞きたいものですが……勿論タダとは言いません。売り上げの五割は貴女に……」

「いい話だが、それは外に出てからだ」

流石は商人といったところか。こんな時でも金の生る木を前にして目の色を変えた。

しかしここはいつ魔物が現れても不思議ではないダンジョンの中だ。

そういう話はとりあえず外に出てからの方がいいだろう。

その事を話し、メルセデスはトライヌに肩を貸して外へと向かった。

第九話　取引

トライヌを救出した翌日、メルセデスはトライヌ商会本部の応接室へと通されていた。

彼女の後ろには控えるようにベンケイが立ち、油断なく周囲を警戒している。

前の席にはトライヌが座り、昨日よりも大分顔色がよくなっている。

ここに呼ばれた理由は昨日救った事の礼を改めてしたい、という事だったが、本題は恐らくそちらではないだろう。

「改めてお礼申し上げます、メルセデス嬢。貴女のおかげで私はこうして再び月の下を歩く事が出

来るようになりました。是非ともこのお礼をしたい。何か欲しいものなどはありますかな？」

「欲しいものか……あるにはあるが、店などでは売っていないからな」

「ほう？　どのような物で？」

「簡単に持ち運べて栄養価とカロリーの高い保存食。それを作るのを手伝ってほしいんだが、どうだろう？　そちらにとっても悪い話ではないと思うが」

チョコレートの製作にとりあえず成功した今、次にメルセデスが作ろうと思っているのは缶詰だ。

気密性の高い入れ物に食料を入れて殺菌して閉じ込める。言葉にすると単純だが、人類がここに辿り着くまでには長い時間を要した。

そして残念ながら、この世界はまだそこまで至っていない。

大きく市場を破壊する気はないが、しかし長持ちする食料は自分を含む多くのシーカーの手助けになるだろう。

「それは……私に売るのを許可していただけるので？」

「売り上げの一割くらいは私《わたし》が貰う。そして発案者の名を決して外に出さない事。その条件で製造方法を売りたい。勿論、この後に貴方が私に尋ねようとしている、この前の食べ物の製造方法も同条件でな」

トライヌにとってメルセデスとの接触は幸運だっただろう。向こうにしてみれば命を助けられたばかりか、その恩人は金の生る木だったのだ。

しかし幸運だったのはトライヌだけではない。メルセデスにとってもまた彼との接触は幸運な事であった。

チョコレートの量産はメルセデス一人では難しい。だが大商人である彼がバックに付けば可能だ。加えて、量産したチョコレートの売り上げもこちらで取れれば言う事なしである。

「嫌と言うならば構わない。その時は素直に現金でも受け取っておく事にするよ」

「そして、その足でそのまま他の商会へ製造法を売りに行く、と？」

「分かっているじゃないか」

これは半分本当、半分嘘だ。

そんな事が出来るなら、もうやっている。

いかに領主ベルンハルト卿の血縁といえど、所詮は認知されているかも怪しい側室の子だ。権力などないに等しく、そんな小娘がいきなり儲け話があると商会を訪れても門前払いされるのがオチだろう。

トライヌは少し考え、やがて決断を下した。

「いいでしょう、私も商人だ。その条件を呑みます」

「商談成立だな。では……」

メルセデスは懐《ふところ》から一枚の羊皮紙を取り出した。

そこにはこの契約に反した時のデメリットなどが書かれている。

一つ、条件を違えた時はこの商品に関する全ての権利を相手へ譲る事。

一つ、権利を譲った後に同じ物を作る事は許されない。

その他細かい事が色々と書かれているが、大事なのはこの二点だけだ。

「同意するならば血判を頼みたい。私も同じ条件で判を押す」

「血の契約ですか」

吸血鬼の文化の一つに血の契約というものがある。

別に何か魔法的な強制力があるわけではないのだが、血判を記しての約束を違えた吸血鬼は種族の恥とされ、生涯後ろ指を指されながら生きる事を覚悟しなければならない。

血の契約を違える事は吸血鬼にとっては誰かを殺めるよりも重い背徳行為なのだ。

そして言うまでもなく、魔法的な拘束力はないが法的な拘束力は備えている。

この血の契約は主に、商人同士が取り決めを交わす際や都市同士の約束などに用いられる。

ただし、これは当然自らにも拘束力が発生してしまうので乱用は禁物である。

「いいでしょう。見た所おかしな条件もないようだ」

トライヌは自らの指を噛み、血判を押す。

それを見届けてからメルセデスも同じように血判を印し、これで互いを縛る契約が完成した。

言うまでもない事だが契約書は一枚ではない。両方が控えとして持っている必要があるので二枚分の血判を押す必要がある。

「では早速、ご教授願えますかな？」

「ああ。まずはこの黒いやつ……チョコレートについてだが……」

それからメルセデスは、チョコレートと缶詰の製造法を説明した。

更にそれを作るにあたって必要となる器具の構造や仕組み。

その器具を作るのに更に必要となる物なども惜しみなく教えていく。

少しサービスしすぎだが、恩を売る意味でもこのくらいは出していい。何より、メルセデス自身が作った試作品のままでは到底売り物にならないだろう。

結局、これで出た利益はこちらへ戻ってくるのだからむしろ出し惜しみする意味がない。

その後二人は、日が昇り一日が終わるまで話し合う事となった。

◆

日が沈み、再びメルセデスはシーカーギルドへとやってきていた。

武器などの新調はないが、今回は荷物持ちのベンケイがいるので少し大きめのバックパックを購入しておいた。

中にはロープや代えの蝋燭、着替え、方位磁石、飲料水、羊皮紙、チョコレート、鶴嘴《つるはし》などを入れてある。勿論持つのはベンケイの仕事だ。

ベンケイを従えて街を歩くメルセデスに好奇の視線が向くが、近寄る者はいない。

ギルドへ入り、いつも通りカウンターへと向かうと受付がいつもの薄気味悪い笑顔で出迎えてくれた。

「あら、いらっしゃい。待ってたわ」

「ん？　何かあったか？」

「ええ。貴女は今日からEランクに昇格よ、おめでとう」

どうやらたった二回のマッピングでランクが上がったらしい。

いや、確かペット捕獲や水の採取もあったから四回か。

これならば今までよりも更に実入りのいい依頼を受ける事も出来るだろう。

ならば、と今回受けたのは魔物からの素材採取の依頼だ。

【ワルイ・ゼリー採取依頼】
依頼主：スイーツ店レイラ
報酬額：二万エルカ～
期限：二週間以内
詳細：ダンジョンに出現するワルイ・ゼリーを捕獲、あるいは身体の一部を採取してきてください。持ち帰ったゼリーの量で報酬も上げます。
特徴：人の形をした灰色のゼリー。

【ゲリッペ・フェッターの剣強奪依頼】
依頼主：工業ギルド
報酬額：一万エルカ～
期限：三週間以内

詳細：ダンジョンに出現するゲリッペ・フェッターの剣を奪ってきてほしい。一本一万エルカで買い取らせてもらう。

特徴：剣と盾を装備した骸骨。牙が尖っている。

とりあえずメルセデスが受ける事にしたのはこの二つだ。

骸骨剣士《ゲリッペ・フェッター》、というとやはりメルセデスが剣を強奪したあれだろうか？　依頼書の下に書かれている特徴とも一致している。

とりあえず今持っている物は自分用なので、同じ物をいくつか持ち帰ればいいだろう。

ワルイ・ゼリーは実はよく分からない。人の形をした灰色のゼリーと書かれているだけだ。

こういう時、写真とかあればいいのにと思ってしまう。

（空き箱とビニール、アイロン、黒の画用紙、コピアートペーパー……。駄目だな、他はともかくコピアートペーパーがどうしても代用出来ん。自作は不可能か）

メルセデスは頭の中で子供でも自由研究で出来てしまう簡単手作りカメラの設計図を思い浮かべたが、どうしても入手出来ない物が出てしまったので思考を打ち切った。

ちょっとホームセンターに行けば大体代用出来そうな物が転がっている現代日本の便利さを改めて痛感させられる。

感光紙から作ろうにも、写真乳剤が必要になるわけで、その写真乳剤を作るにはハロゲン化銀やらゼラチン液やらが必要なわけで……そこまで行ってしまうともう手に負えない。

所詮メルセデスの前世は作る分野において本職ではない。あくまでちょっと興味本位で知識を齧ったただけの素人だ。

作ってあそぼレベルの物しか彼女には作れないのである。

カメラは早々に諦めて出発し、メルセデスは今回もシュタルクダンジョンへと向かった。

この時少しばかり困ったのが移動だ。今まではメルセデス一人だったので魔法を使う事で短時間で目的地に到着していたが、今回はベンケイがいる。

メルセデスが本気で飛べば当然ベンケイは置き去りになってしまうので、新たな移動方法を考える必要があった。

ちなみに前回、トライヌと一緒にダンジョンから都に帰る際はダンジョンの外にトライヌが用意していた馬車で帰ったのでこの問題に気付くのが遅れてしまったのだ。

「……仕方ない。少し不格好だが、まあいいだろう」

自分とベンケイの両方に魔法をかけて飛んでいく事も考えたが、それよりも楽な方法がある。

メルセデスはまずベンケイを手招きで近くに呼び、おもむろに彼を持ち上げた。

「あの……主？」

戸惑うベンケイにベフライエンの魔法をかけ、力任せに投げ飛ばす。それと同時にメルセデス自身も跳躍してベンケイに追いつき、飛んでいく彼の背中に乗った。

見た目はシュールだが、こうすればベンケイ一人に魔法をかけて二人で移動出来る。

そうして移動をクリアしたメルセデスはシュタルクダンジョンに到着し、早速潜っていく。

今までと違い、今回はランタンやバックパックをベンケイが持ってくれているので武器以外何も持たなくていいのが嬉しい。

今後はシーカーとしてさまざまなダンジョンに挑む事になるだろうが、とりあえずこのシュタルクダンジョンはその為の足掛かりに使わせてもらおうとメルセデスは考えている。

魔物も後一体か二体くらい捕獲して味方にしておきたいし、ここで稼いで強めの武器も入手しておきたい。

メルセデスの当面の目的は父からの独立と、母と婆やを養う事だ。

その為にも足場はしっかりと固めておかなければならない。

シーカーは命懸けの仕事だが、だからといって毎回ギャンブルをする気などない。

しっかりと足場を形成し、安定してリスクなく稼げるようになればそれが一番いいのだ。

「ベンケイ。このダンジョンにいる魔物の中で味方にするならばどれがいいとお前は思う？」

「ふむ、そうですな。それならば十二階層以降に出てくるシュヴァルツ・ヴォルファングなどは如何でしょう」

「どんな魔物だ？」

「全高一メートル半の狼型の魔物で、このダンジョンに現れるヴォルファング種の中では最も身体が大きく力が強い魔物です。特別な異能は有しませんが、その分単純なパワーとスピードだけならばヴォルファング種最上位とされるズィルバーン・ヴォルファングにも並びます。やや気難しい性格ですが、主と認めた者には命を懸けて従う忠誠心を持ち、上手く飼い馴らす事が出来ればこの上なく役立つでしょう。乗り物としても有用です」

「悪くない。見つけたら捕まえてみよう」

話を聞いた限り、とても大きい狼といったところだろうとメルセデスは考えた。

でかい狼というのは実にいい。ファンタジーっぽいし、それに慣れてくれればペットとしても可愛がれそうだ。

「ニャーン」

これから出会うだろうでっかいわんこの事を考えていると、でっかいにゃんこと遭遇してしまった。

虎並みの大きさだが、見まごうことなき猫だ。

虎猫をそのまま虎のサイズにしたような変な生き物が目の前で鳴いている。

メルセデスは以前松明代わりに使っていた木の枝を猫の前に出すと、興味を引くように振る。

すると猫の視線はそちらに釘付けになり、投げてやれば追いかけてどこかへ行ってしまった。

猫の手はいらない。

第十話　第二の仲間

メルセデス達の前に剣を手にした骸骨が現れた。

以前メルセデスが武器を強奪したのと同じ、ゲリッペ・フェッターだ。

しかしそれが立ち塞がると同時にベンケイが剛剣一発で真っ二つにしてしまい、戦闘にすらならなかった。

ベンケイが強いのか、それとも魔物が弱いのか……どちらにせよ、ベンケイは浅い階層であれば十分に役に立つ事が分かった。

魔物が登場すると同時にベンケイに切り捨てられるのは既にこれで五度目。現在メルセデスは戦闘すらせずに順調にダンジョンを進んでいた。

ゲリッペ・フェッターが落とした剣を回収し、それから盾を見る。

「おいベンケイ。どうせならお前も一つくらい盾を持っておけ。折角腕が六本もあるのに全部剣装備とか、勿体無いぞ。もっと違う武器を装備して色々やれるようにしておけ」

「む……なるほど」

ベンケイは腕が六本もあり、かなり戦闘では有利だ。

だというのに、全部剣を持っていては無駄にも程がある。

もっと槍とか盾とか弓とかを持って、戦術に幅を持たせるべきだろうとメルセデスは考えた。

ベンケイも特に剣に拘《こだわ》りはないのか、持っていた剣を一つ捨てて盾と替える。

彼が捨てた剣はゲリッペ・フェッターの剣よりも質がいいので、メルセデスは今まで使っていたゲリッペ・フェッターの剣からベンケイの剣に装備変更。ゲリッペ・フェッターの剣はもう売っていいだろう。

強力な武器が手に入れば前の武器は売る。これもまたファンタジーの基本だ。

その後も二人は特に苦戦する事なく、軽々と十階層までを走破。出てくる魔物は殆どベンケイの相手にならずに散り、一発を耐えてもメルセデスの追撃であっさりと倒れていった。

そして十一階層。ここでようやくもう一つの目的である灰色のゼリーと遭遇した。

見た目は確かに灰色のゼリーを人の形にしたような奇妙なものだ。胸の中には球体があり、嫌でも目に付く。

「プルプル、僕悪いゼリーだよ」

「なら遠慮はいらんな」

登場早々メルセデスの刃がゼリーを切断した。

すぐにゼリーは再生しようとしていたが、球体を斬ってやると呆気なく動かなくなってしまった。

「何故そのコアが弱点だと分かったし……」

「まあ、この手の魔物のお決まりだしな。それとゼリーが喋るな」

こんなに分かりやすく弱点を晒しておいて何故も何もない。

メルセデスは動かなくなったゼリーを適当に持参した袋へと詰めていく。

意外と手触りはよく、ベタつかない。

それにしてもこの依頼を出したのは確かスイーツ店だったが、まさか食べるのだろうか？

「さて、これで依頼は達成だが……折角だ。このまま十二階層まで行くぞ」

「シュヴァルツ・ヴォルファングを捕獲するのですな」

「ああ。それで今日は撤退する」

十階層を超えると流石に魔物の強さも一段階上がり、ベンケイの初撃に耐える者もちらほら現れ始めた。

とはいえ、まだ苦戦するレベルではない。ベンケイだけでも余裕で勝てるだろう。

ほぼ苦労なく十二階層まで到達し、目的の狼を探す。

少し徘徊すると、狼男と遭遇したが残念ながら少し違う。

「ヴァラヴォルフ・ロート……炎の如き獰猛《どうもう》さと、火炎を吐き出す力を持つ狼男です。手強いのでお気を付けを」

「炎か。丁度いい、私が使えない力だ。こいつも捕まえておこう」

目の前で猛る狼男は身長百九十センチといったところか。

文字通り大人と子供の差だが、今更メルセデスが怯む事はない。

余裕の表情で指の関節を鳴らし、一歩踏み出す。

だがそれと同時に何かがダンジョンの奥から突撃してくる気配を感じ、メルセデスとベンケイは咄嗟に回避した。

反応出来なかったヴァラヴォルフ・ロートだけが何かの突撃を受け、血《ち》しぶきをあげて上半身が消える。

二人が後ろを振り返れば、そこにいたのは狼男の上半身を食い千切った黒い巨大狼の姿だった。

「こいつか？」

「はい、間違いございません」

ベンケイの返事を聞き、メルセデスは笑みを浮かべる。

目的の方からやってきてくれるとは探す手間が省けていい。

ヴァラヴォルフ・ロートは少し残念だったが、その分はこいつに補ってもらうとしよう。

「グルル……」

巨大狼は牙を剥いて唸《うな》り、メルセデスを睨《にら》む。

そこに一歩メルセデスが近づけば、黒い疾風となってメルセデスへと跳びかかった。

これに対しメルセデスが手を出せば跳躍してメルセデスを跳び越し、それと同時にメルセデスの肩に衝撃が走る。

服が僅かに裂かれ、肩を露出しながらもメルセデスは顔色を変えなかった。

「……速いな」

僅かに裂けた皮膚を即座に再生し、狼へと向き直る。

ベンケイが前に踏み出そうとするが、それは手で制した。

これから上下関係を躾けなければならないのに、自分以外に倒してもらっては狼だってこちらを認めないだろう。

再び踏み出したメルセデスへと黒狼が躍りかかり、再び皮膚を削られる。

再生して振り向くが、黒い疾風は止まらずにメルセデスを四方八方から刻んだ。

「…………」

腕、肩、脇腹、足と立て続けに爪で裂かれながらメルセデスは苦悶の声一つ漏らさない。

感情というものを排除したような冷たい目で黒狼の動きを追い続けながら、急所への攻撃だけを的確に防ぎ続ける。

傷は無いに等しい。攻撃を受けると同時に再生しているし、それに徐々に攻撃そのものを受ける回数が減っているからだ。

最初は甘んじて受けていた攻撃もいつの間にか防げるようになり、殆ど直撃させていない。

そんな攻防が一分も続いただろうか。やがてメルセデスは目を細め、十四回目となる黒狼の襲撃を前に呟いた。

「――よし、もう慣れた」

防御を捨てて身体を僅かに動かし、黒狼の牙を避ける。

胸の前スレスレへと誘い込み、そのまま無防備な鼻を軽く撫でてやった。

黒狼はまさかの出来事に驚いて動きを止めるが、メルセデスはあえて追撃をかけない。

マズルコントロール……犬の鼻を掴む事で自分が相手よりも上であり、守れる力の持ち主である事を教える行為だ。

母犬が子供に対してやる行為でもあり、上手く行えば犬の躾に大変有効である。

しかしマズルコントロールは無理にやると恐怖心を強く与えてしまう。

犬を躾けたいが為にアルファロールオーバーやマズルコントロールを強要し、結果飼い犬に嫌われてしまう飼い主の話など珍しくもない。

無理に行えばそれは恐怖となり、恐怖は威嚇や噛み付きといった攻撃行為へと発展する。

無論、恐怖で上下関係を叩き込んで服従させる躾もあるが……メルセデスはそれを選ばなかった。理想は上下関係と力関係を教えつつ、恐怖はさせない事。それが躾の基本だ。

だからまずは触れる事から慣れさせ、それから少しずつ触る事への抵抗を薄れさせるのが効果的である。

その後何度か同じ事を繰り返すと、やがて黒狼は力の差を理解したのか大人しくなった。

同時に、メルセデスに害意がない事も悟り敵意が消える。

そんな黒狼の事をメルセデスは満足気に撫でてやった。

「よし、地上に戻るぞ。こいつをしっかり躾けてやらなければな」

こうして無事に黒狼を大人しくさせたメルセデスは、そのまま黒狼を連れ帰ったのだった。

◆

黒狼を連れ帰ったメルセデスは、まず黒狼に自分を信じさせることから始めた。

上下関係を教えれば次は相手にこちらを信頼させる。躾の基本だ。

また、いつまでも名無しは呼びにくいのでクロと名付けておいた。

最初はシュバルツもいいかと思ったのだが、種族名がシュヴァルツ・ヴォルファングなのにシュバルツと名付けるのはホモ・サピエンスをほもと名付けるに等しい行為だと考えて思い直したのだ。

なのでメルセデスは特に捻る事もなくクロと名付けておいた。

シュバルツもクロも意味は同じだ。一気に響きが可愛くなった気がしないでもない。

余談だが、ベンケイやクロは案外普通に母や婆やに受け入れられてしまった。

怯《おび》えさせないように自室に待機させていたのだが、母は何を思ったのか晩飯時にベンケイとクロを連れてくるように言い、普通に食事を振る舞ってしまったのである。

流石はメルセデスの母か。度胸が普通ではない。

一方トライヌ商会は早速チョコレートと缶詰の販売を開始し、大々的に宣伝をしているようだ。

チョコレートは非常食としてより、単純にその甘さから人気が出て飛ぶように売れているという。

缶詰は好調ではあるがチョコレートに比べると地味な売れ行きだ。

しかし、腐らず長期持ち歩ける食料として注目を集め、少しずつ売れ行きが伸びているのでこれからだろう。

これならばメルセデスの手元に転がり込む金は相当なものとなるはずだ。

上手くいけば、今暮らしている場所よりもずっと豪華な屋敷を買うのもいい。

いっそ母と婆やはこの都市から逃がし、別の都市で新しい人生をスタートするようサポートするのも手か。

父には会った事もないが、どうせロクな男ではあるまい。

そんな男の為に人生を台無しにされるのはあまりに不憫《ふびん》というもの。

幸い母はまだ見た目は若く美しい。今からでも再スタートする事は不可能ではないだろう。

母と婆やをこの都市から逃がす事が出来たならば、まずは最初の目標……即《すなわ》ち、底辺からの脱出を達成した事にもなる。

そうなればメルセデスも、次の目標に向けて歩き出す事が出来るだろう。

腐ったままでは終わらぬと決めた。歩き続けると決めた。

後悔しない生き方をし、最後に笑って死んでみせると決意した。

だが具体的にどうしたいのかを決めているわけではなく、辿り着く場所さえも見えていない。

漠然と、ただ生きた証を残したいと思っている。だがその方法も、行く末も考えていない。今はまず、この生活から脱する事だけを考えていて、それだけで手一杯だったからだ。

『何処か』へ行きたいと思う。だがそれが何処なのかを自分でも分かっていないのだ。

いや、そもそもそんな場所があるかどうかすら分からない。もしかしたら無いのかもしれない。

それでも止まりたくはなかった。

道の先が暗闇だろうと、それでも立ち止まって後悔して死ぬのは嫌だった。

――満月を見る事なく、つまらない生涯を終えた。

メルセデスは思う。強く思う。

私は前世とは違う、違う存在だ。記憶を引き継いだだけの他人だ。

そう強く思いたいからこそ、前世と同じ道だけは選ばない。

同じ死に方だけはしたくない。同じ後悔を抱きたくない。

だから歩くのだ……前世とは違う、自分だけの道を探して。それがどこにあるかも分からなくても。

(母と婆やをこの生活から脱出させたら、次は目標探しだな。私が生きる理由……歩むべき道……ようやく、それを探す事が出来る)

全力で走り抜けると言っても、道が分からなければ走れない。

だからまずはそれを探そう。自分が走り、そしてゴールを切った時に笑えるだろう道を。

だが物事とはなかなか上手く運ばないものだ。

決意を新たにしたその次の日……同じ境遇の兄弟達が接触してくるなど、そんな間が悪い事が起きるとはメルセデスも考えていなかった。

第十一話　兄弟達

メルセデスの手元には現在、大量のチョコレートと缶詰がある。

どちらもトライヌ商会から進呈されてきたものだ。

これに関しては発案者に対する感謝の気持ちのようなもので、特に料金などは取られていないので実質無料で望んだ物を手に入れた事になる。

どちらにせよ、これでダンジョン探索は格段にやりやすくなった。

新たにクロをメンバーに加え、戦力も整ってきたのでそろそろ深い場所を目指してもいいだろう。

とりあえずトライヌの護衛が辿り着けたという最下層を目指してみよう。勿論少しでも無理と思ったら即撤収だ。

そう予定を立て、さあいざ出発……というところでメルセデスは家の前で見知らぬ男女と対面した。

人数は四人。男が二人、女が二人だ。

年齢は全員十代以前から十代後半といったところだろうか。一番目立つ長身の男はメルセデスが見上げるほど大きく、大学生くらいに見える。

その次に大きい男は中学生くらい。女二人は両方とも十歳かそれ以前といったところだろう。

もっとも、吸血鬼は見た目からは年齢が分かりにくいので実際に彼女彼等が何歳なのかは分からない。

「メルセデス・グリューネヴァルトだな」

「……お前達は？」

「お前と同じ境遇、と言えば分かるかな。俺達もグリューネヴァルトの一族だ」

中学生くらいの男が自らの境遇を明かす。

彼がこの四人の中でのリーダー格なのだろうか。真紅の短髪と獣のような鋭い眼光が特徴的だ。

「私と同じ側室の子か」

「そう。そしてお前の兄弟でもある」

メルセデスはいつ本家から母共々捨てられてもおかしくない立場にいる。

与えられた屋敷の粗末さなどから見るに、恐らく側室の中でも母の立場は相当に低いだろう。

しかしだからといって他の側室が優遇されている……というわけでもなさそうだ。

こうして同じ境遇の者をわざわざ集め、自分などに声をかけている時点で彼等の立場もまた危ういのだと自分で話しているに等しい。

「名乗ろう。俺はボリス・グリューネヴァルト。年齢は十四で、この中では一番年上だ」

まず最初に名乗った彼はどうやら一番の年上らしい。

確かに見た目的にも丁度そのあたりだ。まだ不老期にさしかかっていないと見える。

そして一番年上という事は、やはり彼がリーダー格と見てよさそうだ。

続いて名乗ったのは一番目立っていた背の高い男だ。

「ゴットフリート・グリューネヴァルト……十三だ」

こいつ少し育ちすぎじゃないか？

メルセデスは口に出さなかったが、内心でそう突っ込みを入れていた。

吸血鬼は確かに見た目では年齢が分かりにくいが、彼は逆の意味で分かりにくい。

どう見ても十七か十八……いや、二十歳と言われても納得出来る面持ちだ。

「モニカ・グリューネヴァルト。年齢は九よ」

この中ではやや身なりのいい少女は金髪の縦ロールがよく似合う。

服装などから見て、彼女の母は側室の中では大分立場が上の方なのだろう。

その証拠に、メルセデスを見る彼女の目には見下しの色が濃く表れていた。

「マルギット・グリューネヴァルト……九歳です」

最後に名乗った少女は同じく金髪の愛らしい少女だ。

おどおどとしており、あまり自信を感じさせない。

どうも可哀想な事に、彼女の母もメルセデス同様にあまりいい立場ではないようだ。

四人の名乗りを受け、メルセデスは仕方なく自分も名乗りを返す事にした。

「名乗る必要はなさそうだが、メルセデス・グリューネヴァルトだ。年齢は十。それで、お前達は何の用でここまで来た？」

まさか同じ境遇の者同士、仲良くしましょうというだけではないだろう。

メルセデスはなるべく声に棘を含まないように努めながら、しかし一定の距離を感じさせる程度には冷たい声で聞いた。

「今から一か月後、グリューネヴァルト本邸で本妻の子であるフェリックス・グリューネヴァルトの十五回目の誕生祭が開かれる」

「そうか。だが私には関係のない事だ」

「いや、今まではそうだっただろうが、今回は関係があるんだ。フェリックスは折角の誕生祭に他の兄弟が参加出来ないのはあまりに不憫だなどと抜かしてな……そこで他の兄弟を呼び、折角なので互いの強さを比べ合う催しをしたいなどと言い始めた」

「なるほど、私達は引き立て役か」

「理解が早いな。そう、奴は俺達を公の場で叩きのめす事で自分こそがグリューネヴァルトの正式な後継者であると強く印象付ける気だ。同時に力の差を見せる事で俺達が今後、余計な夢を見ぬように釘を刺す意味もあるのだろう。後継者は自分だ。お前達には万一も目がない、とな。……汚い奴だ。そうは思わないか？」

どこにでもある御家騒動だ。後継者となれる者が複数いた場合、誰が後継者となるかで揉めるのは回避し難い流れである。

このまま順当にいけば本妻の子であり長男であるフェリックスが後継者だ。

しかしそれは絶対ではなく、もしかしたら他の側室の子がいらぬ野心を持つかもしれない。自分を蹴落とそうとするかもしれない。彼はきっとそう考えた。

そういう時はどうするか。まず現当主が明確に誰を跡継ぎにするかを宣言する事。これが一番穏便に終わる。

しかしフェリックスのこの行動からして当主はまだそれを明言していないようだ。

次に他の後継者候補の死亡。そうなればフェリックスが後継者になる可能性がグンと上がる。

しかしこの場合、むしろ死亡に気を付けなければならないのは第一候補であるフェリックスの方だ。

そして、自らの優秀さを公の場で見せつける事で皆に認めさせて世論を味方にする事。同時に差を思い知らせて諦めさせる事。

メルセデスはそこまで考え、思わず笑みを浮かべた。

（何だ……結構考えてるじゃないか、本妻の子も。それに案外、真っすぐだな。極めてまっとうな手段で後継者の座を固めに来ている）

ボリスはまるでフェリックスを悪者のように言っているが、それは違う。

フェリックスは自分に出来る事の中から至ってまっとうな手段を選択して地盤固めをしているだけだ。

むしろ暗殺だの悪評を蔓延させるだの、裏でリンチするだのといった手段を使わない分、彼の人柄の正直さが透けて見える。

むしろ問題はボリス達の方だ。こいつ等は四人……メルセデスも入れれば五人も寄り集まって一体何をしたいのだろう？

フェリックスを上手く引き摺《ず》り下ろしたとしても、後継者の座というパイは一枚しかないのに。

そうなれば今度はあっという間に協力者が敵へと変わり、五人でパイの奪い合いが始まるのが目に見えている。

まあ、いい。考えるのはとりあえず彼等の考えを聞いてからだ。もしかしたら何か考えがあるかもしれない。

「だがこれは俺達にとってもチャンスだ。奴を逆に公の場で倒せば俺が後継者になれるかもしれない」

おい、今本音が出たぞ。

メルセデスは相変わらず口にしなかったが、内心でボリスに突っ込みを入れた。

今この男、『俺が後継者』とハッキリ口にした。『俺達』ではなく『俺』と。

どうやら彼は最初からパイを分ける気などないようだ。

まあパイは一枚しかないのだから、ある意味では当然の判断である。

「だが奴は本邸で英才教育を受けて育ったエリートだ。まともにやって勝てる相手じゃない」

「ならばどうする？　まさか五人で倒すわけではあるまい。向こうが五人同時に来いと言ったならともかく、普通に考えて一対一を五回繰り返す気だろう。それに多勢に無勢で勝利しても私達への評価が変わるとは思えんがな」

「そんな事は分かっている。だがやりようはあるさ。まずゴットフリートが先に挑み、奴を疲弊させる。この木偶の坊は体力だけはあるんだ。倒すのには苦労するだろうさ。そして俺が奴に勝利する。お前達にはその際、やってほしい事があるんだ」

ボリスは説明しながらマルギットへと視線を向けた。

すると幼い少女はおずおずと掌に載せた物を見せる。

――吹き矢だ。とんでもなく古典的な手段を思いついたものである。

いや、子供の浅知恵ならばこんなものなのかもしれない。

そう思うとむしろ微笑ましさすら感じ、メルセデスは吹き出しそうになった。

だが手段はともかく、それをこんな幼い少女に持たせるのはいただけない。

「……彼女がそれを使う際に隠す壁になれ、と？」

「本当に理解が早いな。勿論お前にも旨味はある。俺が後継者となれば、今よりも生活を改善してやるぞ」

この瞬間、メルセデスの中でボリスへの評価が決まった。

……小物だ。それも自ら手を汚す事すらしない小物の中の小物。

とても領主の後を継げる器ではない。仮に全てが上手くいっても必ずどこかで失敗する……これはそういうタイプだ。

彼を後継者にするくらいならば、まだこのまま見た事のないフェリックスとやらを後継者にした方がいいだろう。そうメルセデスは結論付けた。

「生憎だが間に合っている。お前達だけで好きにやってくれ」

メルセデスは最早興味が尽きたとばかりにその場から離れようとした。

だがそんな彼女の態度が気に食わなかったのか、ボリスはメルセデスの逃げ場を塞ぐように立ち塞がり、近くにあった巨木へと押しつける。

そしてメルセデスの顔の横に腕を突き出した。壁ドン……いや、木ドンだ。

「何故断ろうとするか分からんな。俺が後継者になればお前達を優遇してやると言っているんだぞ。俺に従え。否とは言わせない」

「否」

言った。あっさり言ってやった。

こういう自分の言う事が全て通ると思っている王様野郎はメルセデスの好みからは遠く離れている。

怒りを滲ませてボリスは脅すように木を殴る。

すると巨木が揺れ、木に拳の跡が付いた。

随分と弱弱しいパンチだが、まさかこれで脅しているつもりだろうか。

「……それが全力か？」

「は？」

「なっていないな。手本を見せてやる」

メルセデスは顔色一つ変えずにボリスの胸倉を掴み、位置を逆転させた。

そして拳を放ち、巨木へと叩き込む。すると巨木は根本からボッキリとへし折れ、轟音を響かせた。

ボリスは力が抜けたように座り込み、他の兄弟も青褪《ざ》めている。

そして何故かモニカという縦ロールだけは顔を赤らめていた。

……それにしても冷静に考えると勿体無い事をしてしまった、とメルセデスは思う。何も折る必要はなかった。後で回収して薪《まき》や木材として活用しよう。

まあ、それはそれとして、へたり込むボリスを見下ろしてメルセデスは幼子に言い聞かせるように言った。

「こうやるんだ」

「………………」

呆然としているボリスに背を向け、もう用はないと歩く。

メルセデスに気圧されたように他の兄弟が退き、代わりに今まで控えていたベンケイとクロが誇らしげに歩いた。

無駄な時間を過ごした。そう思ったが、しかしメルセデスはこちらを怯えたように見る幼い少女と目が合った。

「来い」

「えっ？」

このままここに放置してもロクでもない事に利用されるに決まっている。

見たところ気が弱そうだし、生まれにも恵まれず捨て駒としてボリスに目を付けられたのだろう。

メルセデスは善人ではないが、これから不幸になると分かっている妹を捨て置くほどの外道でもない。

有無を言わさずにマルギットを連れ出し、そして今度こそ立ち去っていった。

第十二話　歪な文化

「あの連中とは縁を切れ。他二人は知らんが、リーダー格が致命的に駄目だ。あれは失敗するタイプだぞ」

メルセデスは都を歩きながら、連れ出したマルギットと話していた。

腹違いの妹と言うだけあって、何となくメルセデスと似たところが……いや、ないか。全然ない。

髪の色は違うし、顔つきも異なる。

両方とも美しい顔立ちである事は違いないが、メルセデスは目付きがあまりよくない。

例えるならばマルギットは疑いを知らない子猫の目だが、メルセデスのそれは野生に帰った野良猫の目だ。

年齢も九と十でそれほど離れていないし、まだ不老期に差しかかっていないのでどちらも年齢相応の外見をしている。

だがそれでもメルセデスは外見年齢以上の落ち着きと雰囲気がある為、見た目通りの年齢には見えない。実際ギルドの受付もメルセデスの年齢詐称を全く疑わなかった。

一方マルギットは、むしろ年齢よりも更に幼く見えてしまう。

無理もない。スタート地点が同じでも中身が違うのだ。

両者共、母は側室の中ではあまり優遇されていない方だ。家も粗末で生活レベルも貴族とはとても言えない。

しかしメルセデスには前世の記憶があり、底辺からのスタートだろうと苦にしないだけの下地が最初からあった。

だがマルギットはそれがない。武器の無い状態でこんな環境に放り込まれれば臆病に育ってしまうのも仕方のない事だろう。

「でも、上手くいったら生活をよくしてくれるって……そうすれば、お母さんに美味しいご飯を食べさせられるって……」

「なるほど。そちらもやはり粗末な黒パンとジャガイモ、具のないスープと魔物の血が基本か」

メルセデスの家での主なメニューは今、彼女が口にした粗末な食事だ。これに時々野草のサラダも入る。

これは世話役の老婆や母が料理下手というわけではなく、そんなものしか買えないのだ。

もっともこれに関してはメルセデスがある程度自由に動けるようになってから、食べられる野草やキノコ、川で獲った魚、仕留めた獣などを持ってくるようになった事で改善されている。

そして今となっては資金にも余裕があるので更に改善は進み、トライヌ商会から売り上げの一部が支払われれば一気に富豪に早変わりするだろう。

メルセデスの地盤固めは五年の月日を費やして、極めて順調に進行している。

知識がなければ、自分はこの先も貧困に喘いでいたのかもしれない。そう思うと、あまり好きではない前世にも感謝しなければならないのだろう。

そうこう話していると、マルギットの腹がきゅるると鳴った。

やはり、あまり食べてはいないようだ。

「これでも食え。腹に溜る」

メルセデスはポケットからチョコレートを取り出し、包みを破ってマルギットへと渡した。

自分用の携帯食だが、まあ一枚くらいは構わないだろう。

チョコレートを受け取ったマルギットは目を丸くし、驚きを見せている。

「わあ……これ、チョコレート？　食べていいの？　こんなに？」

「何だ、知ってたのか？」

「うん。モニカ様がね、最近都で流行のお金持ちしか買えない高級なお菓子だって言って少しだけわけてくれたの！」

……あのトライヌ野郎、一体いくらで売りさばいているんだ？

メルセデスは思わず溜息が出そうなのをぐっと堪えた。

前世では百円で売られていたような板チョコ以下のクオリティーなのに、金持ちしか買えない高級品て……。

メルセデスが作りたかったのは手軽に安く買える高カロリーな携帯食兼非常食なのに、それを高値で売ってどうするのか。

しかし権利はもう売った後だ。したがって、いくらで売ろうともそれはトライヌの自由である。

そして一つだけ情報が入った。モニカというのはあの縦ロールの子だったか……見下した態度が目立ったが、そんなに悪い子でもなさそうだ。

「でも、本当にいいの？　これ、高いんでしょ？」

「構わん。訳あって在庫は山ほどある」

それに発案者なので、トライヌに言えばいくらでも格安で売ってくれる。

流石に売り物なので初回のあの贈り物以降は無料という事はないが、それでも値引きはしてくれるだろう……多分。

まあ、この分だと値引きしても変な値段になっていそうだが。

マルギットは子供らしい笑顔でチョコレートに齧りつき、しばらく夢中で食べる。

やはり子供というのはどこでも甘いものが好きなようだ。

メルセデス自身も前世では塩辛い物が好物だったはずなのだが、この身体になってからは甘い物がやけに美味く感じられる。

チョコレートに関しても当初は単に高カロリーで携帯しやすい食料という事で作ったはずだが、今となっては単に食べたいから作っただけのような気もしてきた。

「ところでマルギット……だったな。何か得意な事はあるか？」

メルセデスはあそこにいたら駄目だと思い、マルギットを連れ出した。

しかしこのまま帰しても何も意味もない。また奴等に利用されるのが目に見えている。

何故ならマルギットの生活は苦しく、それを改善しない限り何一つとして解決出来ていないからだ。

だからメルセデスは、何かマルギットでも出来る事はないかと考えた。

彼女自身の手で僅かなりとも稼げるようになれば、ボリスの誘いなどに惑わされる事はなくなるはずだ。

ボリスが破滅するのは勝手だが、それに罪のない幼い少女を巻き込むのは流石に見過ごせない。

……メルセデスが金を渡して救うという手は最終手段だ。

それをやってしまえば最悪、彼女は自立心を失ってしまうだろう。

だから彼女自身が自分で稼げるようになるのが一番だ。

「ええと……お絵描きなら。友達もいないから、毎日石で地面に色々描いてて……」

「絵か。悪くないな」

何か悲しい事を言っているが、そこにはあえて触れないようにした。

それにメルセデスも同年代の友達など作らずひたすら修行修行&修行の日々だったので、人の事は言えない。

他人との必要以上の関わりを嫌うメルセデスは重度のぼっち体質であった。

「これに何か描いてみてくれ」

「う、うん」

メルセデスはポケットから羊皮紙とペンを取り出し、マルギットに渡す。

羊皮紙とは言っているが材料は羊や山羊の皮ではない。ダンジョンなどにいくらでも湧き、倒してしまっても全く問題ないどころか賞賛される生物……即ち魔物が羊皮紙の主な材料だ。生きていると害なので倒す。倒した後は骨を装飾品や装備品に。肉は食料に。そして皮は羊皮紙になるようなら羊皮紙に。

魔物とはこの世界《ファルシュ》の人々にとって害獣であると同時に、ある意味いなくてはならない存在でもあった。

しかしこれでは羊皮紙ではなく魔物紙なのでは？　と思わないでもない。

「出来たよ」

マルギットが描き終えた紙を受け取り、メルセデスは瞠目《どうもく》した。

そこに描かれていたのはメルセデスであった。

それも一目で自分が描かれていると分かる程度には特徴を捉えていて上手い。

絵を見ながらメルセデスは考える。以前ギルドで依頼書を見た時に、分かりやすい絵か写真が欲しいと思った。

そしてギルドはダンジョンのマッピングを依頼として出すくらいにはダンジョンの情報を欲している。

更に一つ。メルセデスは家にあった魔物の本を読んでいるが……というよりもさまざまな本を見て気付いた事だが、この世界の本はどういうわけか絵というものを一切載せていない。

「……まずは情報収集だ。一度ギルドに行こうか」

◆

「本に絵を？　そういえばあまり見た事ないわねえ……何でかしら？　まあ、あえて言うなら本は文字を読む物。絵は風景や人物を描く物、と思っているからかしら。変に住み分けちゃってるのね。多分それが理由よ。それと本を読めるって事は文字を読めるって事でしょう？　つまり文字を読める高貴な者が読む物ってイメージもあるからね。絵なんて余計な物は要らないとか思ってるんじゃない？　まあ、私は実際に本を書いてるわけじゃないから、あくまで推測だけどね」

絵を載せた本というものが何故ないのか。

それを聞いてみた結果、受付から返ってきた答えがこれであった。

何の事はない。単なる固定観念だ。

絵は芸術。文字は学。ジャンルが違うのだから一緒くたにするという発想そのものがない。

それにしても挿絵くらいはあってもいいだろうに。

地球では挿絵の歴史は書物の歴史とほぼ同時に始まっているというのに。

「では特にやってはいけない、とかはないんだな？」

「聞いた事がないわね。けど私はいいと思うわよ、絵の付いた本。そりゃあヘッタクソな絵なんて付けられた日には邪魔にしかならないだろうけど、上手く組み合わせれば字の読めない吸血鬼だって本を読めるじゃない」

やってはならない深い理由も特になし。

これが例えば法律だとか宗教的な理由だったりしたら、諦めなければならないところであった。だが、ただの固定観念だと言うならば問題はない。壊してしまうのに何の躊躇いもない。

無論、これまでの既存の本を読んでいた者達からは反発を受けるだろうし画家からは『絵はこちらの分野なのに』と文句を言われるだろう。

だが新ジャンルの開拓というのはいつだってそうだ。変わる事をよしとしない旧体制派の反発を受けながら進むのである。

（……にしても、絵本が無いのは分かる。あれは十七世紀から登場したものだ。文明が中世で止まっているこの世界にまだ無くても不思議はない。だが挿絵がないというのは一体……）

本に文字と一緒に絵を載せるという文化がない事。

それ自体は好都合だ。おかげでマルギットに稼がせる方法も見えてきたし、挿絵付きの魔物図鑑は自分も欲しい。

しかしどうも腑《ふ》に落ちない。この吸血鬼の国の文化の特色といってしまえばそれまでなのだが、普通に考えて本に付けるだろう……挿絵の一つくらい。

絵というのは旧石器時代から人類が獲得していた意思疎通の手段だ。もしかしたら、もっと早くから絵を描く事を覚えていたかもしれない。

いくら文字があるからとはいえ、それを使わぬというのは不自然極まる。

言葉では上手く伝えられない抽象的な事を伝えるのに絵はこの上なく効果的だ。魔物の図鑑などを書くなら尚の事必要だろう。

小骨が喉に引っかかったような違和感を感じる。

だが歴史などというものは紐解いてみればアホみたいな事がアホみたいな理由で発展していなかった事もあるのだ。

ならばあるのかもしれない。こういう事も。

そう無理矢理に自身を納得させ、メルセデスはこれ以上考えるのを止めた。

第十三話　同じ魔物

メルセデスは最下層を目指すという予定を掲げていたが、それを変更して今回は浅い階層を中心に攻める事とした。

その理由は言わずもがな、マルギットというお荷物を抱えてしまったからだ。

浅い階層の弱い魔物程度ならばメルセデスとベンケイ、クロで前後を固めれば守り切れるが、クロ並みの速度で動き回る敵が現れた場合に守れるとは言い切れない。

なので今回は余裕で対処出来る階層だけを回り、魔物の絵を描かせる事に専念しようと考えたのだ。

「敵は全て私が片付ける。クロはマルギットを乗せて護衛、ベンケイは後ろを警戒してくれ」

「承知」

「ワォン」

前をメルセデスが、後ろをベンケイが固めてマルギットはクロの上に乗せる。

これでとりあえず、弱い魔物がマルギットを害する事はもう出来ないだろう。

マルギットには羊皮紙とペンを渡しており、魔物が現れたらその姿を描くように指示してある。

しばらく一階を彷徨い、そしてまず現れたのは巨大モグラだ。これはメルセデスが一番最初に戦った魔物でもある。

「前と同じ場所で出てくるんだな」

メルセデスは軽く跳躍してモグラの首筋に蹴りを叩き込み、首の骨をへし折って絶命させた。

その光景にマルギットはしばし呆然としていたが、やがて思い出したようにモグラの姿を記録していく。

それを待つ間、メルセデスは腕を組んでモグラの死体を観察していた。

偶然と言えばそれまでだし、この大きさが巨大モグラの平均なのかもしれない。

だが気になるのは左目の傷だ。これは確か以前倒した奴にも同じ傷があったと記憶している。

この種族は元々、こういう傷の付いた姿なのだろうか。

「……ベンケイ。魔物はもしかして、無限に湧くのか？」

メルセデスには一つの疑問があった。

それは、こんなにも魔物が日常的に狩られているのに、魔物を狩る仕事の需要が失われていない事だ。

シーカーは害獣である魔物を狩る。生活の為に、羊皮紙の材料にする為に、毛皮にする為に、骨を加工する為に、肉を食べる為に……狩って、狩って、狩り続けている。

……絶滅するだろう、普通。

地球の歴史でも、乱獲が原因で絶滅してしまった生物は呆れるほどに多い。

だというのに、こんなにも狩り続けて何故生活のバランスが崩れない。生態系が崩壊しない。

魔物を狩るという仕事は何も近年発足したわけではない。ずっと以前から……それこそ数百年も昔から存在していた仕事だ。

ならば絶滅する。どう考えてもいくつかの種は確実に滅ぶ。

地球では目先の事しか考えない馬鹿な密猟者が密猟するだけで数を激減させ、人が保護しなくてはならなくなった生物も多いのだ。

ましてや魔物を狩る事が公然と許され、金まで貰えるこの世界。魔物が滅びない方がおかしい。

フィールドマップを歩いていれば無限にモンスターが湧いてくるRPGではないのだ。少し考えれば誰でもおかしいと気付ける。

「恐らく、そのとおりです。魔物は無限に湧きます」

「繁殖力が強い……というわけではなさそうだな。前に死んだ個体と全く同じ傷を持った奴がいるなど不自然極まる。こいつは前に私が倒したモグラと偶然似ているというだけのモグラじゃない。

……〝全く同じ奴〟だ」

「それは正しいかと。我は最下層にある扉の守護を任されておりました。誰に任されたわけではなく、ただ漠然とそれが我に命じられた使命なのだと気付いた時から理解していたのです。そして我は何度か扉が開くのを見ました。開いた扉の向こうからは、さまざまな魔物が現れてはダンジョン中に散っていきました。あれはきっと倒されるたびに〝補充〟されていたのでしょう」

「扉の向こうはどうなっていた？」

「扉の向こうは細い通路になっており、その先に更に別の扉がありました。その先は我も知りませぬ」

ベンケイの言葉を纏め、メルセデスは考える。

やはり魔物は繁殖などのまっとうな方法で誕生しているわけではない。

そして前と同じ個体が、まるで複製されたように誕生している。

ベンケイの守っていた扉とは恐らく、その秘密へと繋がる門だ。

ただし門は二重構造であり、門番であるベンケイにも中の様子は分からない。

また、そこから生まれる魔物達にも生まれた時の記憶はないのだろう。でなければベンケイもその先がどうなっているかを知っているはずだからだ。

「そうか。ところでベンケイ、私は扉を守っていたお前を連れ出してしまったわけだが、そうなると今、扉の前には別のお前がいるのか？」

「はい。恐らくは貴女に出会う前の我がいる事でしょう」

「そして十二階層には私と出会う前のクロ……いや、名前のないシュヴァルツ・ヴォルファングがいるわけだ」

「はい。いると思われます」

ここまで話し、メルセデスは頭が痛くなってきた。

ダンジョンとは一体何なのだ？　あまりにもその存在そのものが異質すぎる。

突然現れ、魔物を生産し続け、定期的に狩らなければまるで自分を忘れるなとばかりに魔物を外へと出す。

それとも、この世界ではこれは普通なのか？　誰もおかしいとは思わないのか？

異質なのはダンジョンではなく、その存在を疑問視する自分の方なのか？

「お姉ちゃん、描けたよ……？」

「ん。どれ、見せてみろ」

とりあえず現状では推測の材料が足りていない。

今ダンジョンの正体をあれこれ考えても、その不気味さをますます知るだけで答えには近づけない。

なのでメルセデスは思考を打ち切り、マルギットの描いた絵へと意識を向けた。

「やはり上手いな。一瞬写真かと思った」

「しゃしん？」

「よく出来てるって事だ」

マルギットを褒めるように頭をわしゃわしゃと撫でてやるが、よく考えてみればメルセデスとマルギットの年齢は一しか違わない。

つい自分よりもずっと小さな子を相手にしている気になってしまうが、マルギットも割と嬉しそうなのでまあいいだろう。

「よし、次だ」

その後もメルセデスはさまざまな魔物を倒して回り、マルギットに絵を描かせた。

何度も潜っていると、どの階層でどの魔物が出てくるかも大体分かってくる。

やがて一行は十一階層まで降りた。

ここが、メルセデスの考える余裕で潜れるラインだ。そしてこの先はマルギットの命の危険がつきまとう。

つまり、ここの魔物を全て記録したら今日は撤収である。

「プルプル、僕悪いゼリーだよ」

「ああ、こんなのもいたな。ところで一つ聞くが、お前は以前も私と会ったか？」

「プルプル、初対面だよ」

「そうか、ありがとう」

メルセデスは質問だけ済まし、コアを抉り取って握り潰した。

なるほど、同じ個体ではあるが記憶はなし……と。

どうやら完全に同じ個体が蘇っているわけではなく、コピーに近いらしい。

「あの、ええと、お姉ちゃん」

「ん？　……ああ、そうか。うっかりしていた。これじゃ死体が残らないな」

メルセデスはいつもどおりに魔物を瞬殺してしまったが、それが間違いであった事を悟った。

コアはもう握り潰してしまい、死体はただのドロドロした液体となって地面に落ちている。

「仕方ない。こいつは記憶だけで描いてくれ。どうせゼリーの中にコアが入っているだけの魔物だ」

「うん」

その後、一行は予定通りに撤収した。マルギットがいる状態でリスクのある冒険はしない。

上に戻ってからマルギットの描いたイラストにメルセデスが説明書きを加え、ベンケイから補足などを受けつつ図鑑としての形を完成させる。

それからメルセデスはそれを早速、シーカーギルドへと売りに行った。

「この魔物の情報を記した紙を売りたい。貴方ならいくら値を付ける？」

「へえ、どれどれ……うん、ふむふむ……なかなか面白いわ、これ。絵が付いててどんな魔物なのか一目で分かる。あのシュタルクダンジョンは魔物の平均戦闘力が高い高難度ダンジョンだからね。これは需要あるわよ。特に下層の魔物の情報はありがたいわ」

「高難度？」

魔物の情報が描かれた紙を見て嬉しそうに言う受付であったが、彼の言葉はメルセデスにとって軽い驚きであった。

メルセデス自身の認識として、シュタルクダンジョンは初心者向けの弱いダンジョンという考えがあった。

別に誰かがそう言ったわけではないのだが、街の近くにあり、更にFランクでも潜る事が許されていたので自然とそう考えていたのだ。

しかしふと、掲示板を見てみると少し前までFランクの依頼だったはずのダンジョン内の泉調査の依頼がどういうわけかCランクの依頼となっていた。

「……なあ、私の時と依頼の難易度が違くないか？」

「ああ、あれね。その節はゴメンなさいね。出現したばかりのダンジョンで調査も進んでなかったから、上が難易度を見誤っていたのよ。あれから色々と情報が出揃って、想像以上に危険なダンジョンだって判明してね。挙句先日はBランクのチームが複数全滅する事態にまで陥って……それで、急遽難易度の見直しが図られたってわけ」

「……」

「でも本当に悪いとは思うんだけど、後から依頼の難易度が変わったからっていって、もう支払った依頼の報酬が後から上がったり下がったりはしないのよ。だって、今回とは逆に依頼の難易度が後から下がったから払った依頼料を返せとか言われても困るでしょう？　一応最初の契約書にもそう書いてあるし。貴女には損をさせちゃった形になるけど、その分シーカーランクの更新にちょっとオマケして、今度貴女をCランクにまで一気に昇格させる事が決まったわ」

受付の言葉を聞き流しつつ、メルセデスはベンケイとクロを見た。

あれ？　もしかしてこいつら、強い？

今までメルセデスの中でベンケイとクロはあくまで『弱いダンジョンの中では強い部類』の魔物であった。

だが実際は『普通に強い魔物』であった事が判明してしまった。

「あ、そうそう。この魔物の情報だけどね、全部合わせて八十万エルカで買い取らせてもらうわ」

支払われた額の予想以上の値段に、メルセデスはこれが冗談の類ではなく、本当にあのダンジョンは強いダンジョンだったのだ、と今更ながらに理解した。

第十四話　戦力強化

ギルドを後にしたメルセデスは報酬から半分を引き、それをマルギットへと渡した。

四十万エルカ。これがメルセデスとマルギットが得た額だ。

この額は大体、大人が命を張らない中では実入りのいい仕事をして四か月くらいあれば稼げるという額だ。

ただしこの世界には当然サラリーマンなどないので、本当の意味での平均的な収入など分からない。

「あ、ありがとう。でもこんなに貰っていいの……？」

「ああ。それはお前が稼いだ正当な報酬だ」

マルギットが得たこの金があればしばらくは問題なく暮らせるだろう。

彼女の母にも美味い物を食べさせる事が出来る。

しかし逆を言えばそれで終わりで、数か月もすればまた元通りになるのも目に見えていた。

なので、まだここで終わりではない。

これはあくまで当面を凌《しの》ぐ為の金でしかない。

「まずはその金で何か食べ物でも買うか。お母さんに美味しい物を食べさせたいんだろう？」

「うん！」

メルセデスはマルギットを連れて大型雑貨店へと行く。

そして食材を買い込み、計算を済ませた。

ただし食材を買うのはマルギットだけで、メルセデス達は見ているだけだ。

変な物を買おうとした時は横から口出しくらいはするが、基本的には彼女にやらせておく。

質問されれば答えるが、質問されない限りはあえてあれがいいこれがいいとは言わない。

マルギットもそこは分かっているようで、不器用ながら一生懸命にどの食材がいいかを選びながら買い物を済ませていた。

それを終えれば、次にメルセデスはマルギットに一冊の本を購入させた。

名を『さるでもわかる　かんたんな　もじのよみかた　かきかた　著者・ゴリラ』。突っ込みどころしかない。

名前は酷いが、字の読み方について詳しく書かれた勉強用の本だ。

以前、この世界の本には挿絵がないとメルセデスは考えたが、もしかしたらこれは唯一の挿絵付きの本なのかもしれない。

勿論絵などは全くないのだが、分かりやすく図などが描かれているのである意味挿絵と言える。

メルセデスも家にあるこれと同じ本で文字を覚えた。一度この著者とは会ってみたいものだ。

「これで文字を読み書き出来るようになれ。そうすれば代書人の職に就く事が出来る。代書人はシーカーや傭兵《ランツクネヒト》、兵士などの命を張る仕事を除けば、安定して稼げる仕事の一つだ」

メルセデスがマルギットに勧める稼げる仕事は代書人と呼ばれるものであった。

これはさまざまな文書、恋文、嘆願書などを代筆する仕事であり、識字率がそれほど高いわけではないこの世界ではかなり稼ぐ事が出来る。

現代日本のように誰でも文字を読み書き出来るわけではない社会において、こういう代わりに文字を書いてくれる仕事というのは大きな需要があった。

彼等は主に屋台などを曳いて町中で仕事をしているが、中には仕事場から動かずに仲介を通して仕事を受ける者もいる。

マルギットは見た目が幼すぎる事もあって下手に彼女自身が屋台など曳いてウロウロすればならず者のいい餌《えさ》でしかない。

なのでメルセデスは誰かに仲介人をやらせつつ、彼女に代書人をやらせようと考えた。

これが上手くいけば彼女は安定して稼ぎを得る事が可能になり、父から見捨てられても生きていくことが出来るようになるだろう。

「私も時折そちらに行って教えるが、いつでも行けるわけではない。最初は自力でやれるところまでやってみるんだ……出来るか？」

「う、うん。頑張ってみる」

「よし、いい返事だ」

その後メルセデスは彼女を家にまで送り届け、その日は宣言通り本当に何の手助けもせずに帰路についた。

まずは自分でやらせてみる。そのうえで彼女の覚える速度などを知り、計画を立てる。いきなり助けてしまう事は彼女自身の成長を潰す行為だ。まずは自分で出来るところまでやらせるべし。

冷たいようだが、これがメルセデスなりの思いやりでもあった。

◆

トライヌ商会からチョコレートと缶詰で得た売り上げの一部が届けられた。

……総額で数億エルカを超えていた。本当に一体、いくらで売っていたんだ、あの男は。

契約によりメルセデスは売り上げの一割を得る事になっているので、最低でも数十億をトライヌ商会は得ている事になる。

それだけ聞くと少なく感じるかもしれない。例えば日本ではバレンタインデーのチョコレートの年間売上額は五百億にも上るという。

だがそれは日本の人口が多いからこそのものだ。

このブルートは確かに大都市には違いないが、それでも日本ほどの人口はない。

というか日本はあんな狭い島国にぎゅうぎゅう密集しすぎなわけだが、それは置いておくとして、このブルートの総人口は大体十万人ほどである。

少ないわけではない。文化などを考えればむしろ多すぎるくらいだ。

かつて中世においてドイツは最大規模の都市でもその人口は精々三万人程度とされ、他の都市は精々五千以下、多い所でも一万に届けばいい方だったという。

これは当時の死亡率の高さも影響しており、平和で物資に富んでいるという事はそれだけ人も死なないから増え続けるという事だ。

ここで話をこちらの世界へ戻すが、そういう意味では一都市に十万人は破格も破格。驚くほど死んでいない事になる。

こんな魔物が存在する世界であっても、中世時代の西洋よりも死亡率が低い辺りは流石に吸血鬼といったところか。

しかし現代と比べればやはり少ない。そんな人口僅か十万人の都市で、しかもこの短期間で売り上げが数十億を超えるというのは尋常な事ではない。

今は物珍しさによる初回販売ブーストがかかっているだろうし、しばらくすれば売り上げも落ち着くだろうがトライヌも上手くやったものだ。

ターゲットを完全に貴族に絞り、こぞって買い争わせたのだろう。

(恐らく、自らの資産を見せつける目的で買い占めている貴族もいるな、これは)

板チョコ一枚を一万エルカのぼったくり価格で売るとして、単純に一万枚売れれば一億エルカの売り上げとなる。

この都市に貴族は百人くらいしかいないし、メルセデスの父であるベルンハルト卿以外は全員領土を持たない法服貴族である。

それはそうだ。この土地を所持し管理しているのがグリューネヴァルト家なのだから、それ以外に領土を持った貴族がこの土地にいるわけがない。

しかしそれでも貴族は貴族。一般人よりは金を持っているわけで、そういう輩に限って自分の財力をひけらかしたがる。

多分そういう連中が買い占めたり、大量に購入したりした結果がこの数字なのだ。

要するにただのカモである。

一方で缶詰の方は流石にチョコレートほど売れてはいない。

しかし一部のシーカーや他の商人などが価値に気付き、買ってくれているようだ。

後は……あまり好きではないがどちらの商品も転売目的で多く買っている商人がいると予測される。

転売ヤー死すべし、慈悲はない。

「これで資金は整った。装備も新調し、今度こそ最下層を目指すのもいいか」

ここまで来ればもう、装備品の代金をケチる必要はない。

金に糸目をつけずに性能を最優先に買う事が出来る。

とはいえ、ただ高い物を買えばいいというわけではない。例えば宝石を無意味に付けた装飾用の剣などは論外中の論外。金の無駄だ。

見た目は地味でもいい。とにかく性能と機能美を追求した装備に拘り抜く。

「街に出るぞ、ベンケイ、クロ。お前達の装備も変えよう」

ベンケイとクロを連れて都市を回り、さまざまな武具を見て回る。

まず最初に今まで使っていた武器は一つの例外もなく全て売る。もうこれらはいらない。

そうしてからまずメルセデスは自分用にハルバードを購入した。

自分の戦闘スタイルと相談し、愛用とする武器はハンマーか斧がいいと最初から考えていた。

力任せに叩きつける武器の方が重力魔法との相性もいい。

だがメルセデスはリーチの短さという弱点を補う必要もあった。後で成長するかどうかは知らないが、吸血鬼なので下手するとこのまま子供の姿で不老期を迎えてしまうかもしれない。

そうなるとやはり、このリーチ不足を補う武器が必要だ。

ならば理想は槍だが、槍は力任せに叩きつける武器ではないので相性が悪い。

剣は別にいい。しばらく使ってみて分かったが向いていない気がするし、重力魔法と合わせて使用すると折れてしまうだろう。

そこで目を付けたのがハルバードであった。

槍の長さと斧の切れ味を持ち、重いので自分の戦闘スタイルとも合っている。

何よりデザインがいい。白兵戦黄金時代の中で生み出された、賢者の英知と愚者の愚かさを纏めたような全乗せ具合が心を擽《くすぐ》る。

槍は長いけど、突くだけではなく斬るも欲しい。相手が鎧《よろい》や兜《かぶと》を着けていたら厄介だから、それを壊す鉤《かぎ》爪も欲しい。

そうだ、全部くっつけりゃ最強じゃね？

実際にこんな馬鹿な発想で生み出されたかどうかは知らないが、メルセデスはこういう頭の良さと頭の悪さが混在したようなハルバードのデザインを美しいとすら思っていた。

要するに九割くらいはデザインで決めていた。

一つ一つを手に取り、一番手に馴染んだ赤いハルバードに決定する。

名を『ハルバード・ウルツァイト』。太古の時代、この星に降り立った神々が使っていた中でも最も硬いとされた物質の名を取った逸品だという。ただしそれは現存していないので実際は別の素材で作っているらしい。酷い名前詐欺だ。

長さは大人の吸血鬼ほどもあり、刃の部分は人など一撃で真っ二つに出来そうなほどに大きい。そして重い。重すぎて誰も買ってくれないくらいに重い。

だがメルセデスはそれを購入した。片手で持ち上げた時の店主の顔は少し見ものであった。

次にコート。

今までの黒コートと似たデザインの物を選び、耐刃性に優れているという物を選んで購入した。

コートの下のベストなどは特に変化なし。こちらは動きやすくて特に不満もないので、予備として新しいものを数点購入しただけだ。

というか高い防具はどれもこれも立派な鎧だったりするので、メルセデスの武器である身軽さを殺してしまうのが難点だ。それにサイズも合わない。

自分の装備を整え、次はベンケイ。

ベンケイには自分が着る事の出来ない立派な黒い鎧を買ってやった。

更に彼は腕が六つもあるので別売りの腕を保護するガントレットなどを購入して装備させる。

更に兜はフルフェイス。街を歩くたびにジロジロと角を見られて目立っていたので、それを隠す意味もある。まあ余計に目立ちそうな気もするが。

結果として歩く鎧のようになってしまったが、彼はスピードタイプではないので防具でガチガチに固めるくらいで丁度いい。

それにどうやらこの程度の重さは苦ではないらしく、今までどおり軽快に歩いていた。

武器はとりあえず全乗せで剣に槍に弓にと色々買ってみた。

これからは依頼の内容に合わせて彼の装備を変える事が出来そうだ。

クロの装備は……でかい狼用の鎧が一応ある事はあったが、逆に動きを阻害しそうなので止めておいた。

装備が終われば次は消耗品だ。

食料は既に持っているので飛ばし、回復用の道具などを探す。

この世界に使用すれば都合よくＨＰが即効で回復するような薬や薬草などない。

ポーションという名の薬品は一応あるが、単なる傷薬である。勿論即効性はない。

しかしこの世界には魔法を閉じ込めておける魔石という便利な物がある。

つまり、当然回復魔法を閉じ込めた魔石もあるわけで、そういう物はシーカーに人気があった。

メルセデスはこれをとりあえず二十個購入し、更にさまざまな魔石を買い揃えていく。

強力な凍結魔法の魔石や炎の魔石、水の魔石など、主に自分では使えない物がメインだ。

荷物が増えてしまったので大型バックパックをもう一つ購入し、こちらはクロに持たせる事にした。

「主、進言がございます」

「何だ？」

「我等は主の剣となり戦う事もあります。しかしこのような物を持ったままでは全力を出せない。そこで、荷物持ちだけを行うメンバーを新たに入れるべきかと」

「ふむ。確かに」

元々メルセデスは一人では荷物を持ちきれず、武器と両立出来ないという理由で荷物持ちとしてベンケイを引き入れた。

しかしベンケイも何だかんだで戦力だ。普通に使える。

クロは速度が速く、メルセデスを乗せて戦う事も出来る戦力だ。荷物を持たせるのは賢い事ではない。

「戦闘に参加せずに荷物を持つ事に専念するメンバーは確かに欲しいな。分かった。ペットショップに行こう」

メルセデスは以前までは味方を増やす際にはダンジョンへと潜って自分で捕獲していた。

しかしそれは金がなかったからだ。金があるなら、わざわざそんな手間はかけない。

戦力が欲しいならば自分で深い階層まで潜って捕獲するのもいいが、荷物持ち程度ならばペットショップの魔物で十分だ。

そう判断し、一行は次にペットショップへと向かった。

尚、当然ながら歩く鎧と化したベンケイは酷く目立った。

第十五話　二択

荷物持ちを任せる魔物を選ぶにあたって真っ先にメルセデスが思いついたのが馬だ。

馬は古くから移動や運搬に重宝されてきた家畜であり、その発達した足は重い荷物を背負ったまま長い距離を移動するのに適している。

運搬に使用される動物を駄獣《だじゅう》。駄獣として使われる馬を駄馬と呼ぶくらいには馬は使われていた。

勿論これは駄目な馬という意味ではないが、駄馬には背の低い馬などの乗用に劣る個体がよく使われた事から転じて、今の駄目な馬という意味の間違えたイメージに繋がってしまったのだろう。

しかしダンジョンに入る上で馬が向いているかといえば、あまり向いてはいないだろう。

密閉された空間の中では馬の力を出し切る事は出来ないし、もしかしたら狭くて通れない場所もあるかもしれない。

後はロバ、牛、鹿、ラクダ、リャマなどが駄獣としては有名か。要するに足がしっかりしていて重荷を持ったままの長距離移動に耐えられる動物が望ましい。しかしどれもダンジョンに向いているかというと微妙だ。

「店主、荷物を運ばせるのに適した魔物はいないか？　出来ればダンジョンのような閉鎖空間でもストレスを感じずに活動出来るのがいい」

檻《おり》に閉じ込められた魔物達を見ながら、メルセデスは店主へと尋ねる。

すると店主は心得たもので、すぐに一つの檻を示してくれた。

「それならば、『クライリア』をお勧めします。ダンジョン内での荷物運びに最適な魔物です」

流石にこういう時の返事が早いのはプロならではだろう。

今までにもメルセデスと同じ目的でこの店に来た客が多くいたに違いない。

それはそうだ、荷物持ちもまた重要な役割の一つである。

ファンタジー系のライトノベルだと、大体主人公が無限にアイテムを入れる事の出来る袋などを所持していて無視されてしまう役割だが、本来はこういうのがいるかいないかで大分変わる。

店主に案内された檻の中にいたのは、メルセデスの身長と同じくらいの高さの妙な魔物であった。

全体的なフォルムはサイなどに似ているだろうか。岩のような肌とがっしりした四本の足が目を引く。

口は鳥の嘴《くちばし》のように尖っており、鼻先に一本、頭部に二本の角を備えている。

首元には急所を保護する役割を持つだろう襟巻があり、まるで前世の図鑑で見たトリケラトプスをそのまま小さくしたような外見であった。

目は穏やかで、檻の中で草をもしゃもしゃと咀嚼《そしゃく》している。

「こいつがクライリアです。気性は穏やかで飼い馴らしやすく、言う事もよく聞きます。持久力に優れ、閉所を好み、重い荷物を持たせてもビクともしません。また、普段は大人しいですが本気で走った時の速度は馬を軽々と抜き去ります」

「いいな。こいつを買おう、いくらだ？」

「三十万エルカになります」

荷物持ちとして小型トリケラトプス……もとい、クライリアを即決で購入。これで荷物持ちも確保した。

ここでメルセデスはすぐにダンジョンに潜らずにその日は一度帰り、数日かけてクライリアを躾ける事にした。

躾ける傍ら、ハルバードを手に馴染ませる訓練をしたり、ベンケイやクロも交えて模擬戦を幾度か行う事で戦力の底上げを図る。

そうして準備をしっかりと固め、遂にメルセデスはダンジョン最下層を目指すべくシュタルクダンジョンへと突入した。

◆

今回の目的はマッピングでもなければ魔物の捕獲でも、素材集めでもない。

目指すのは最下層ただ一つ。故に余計な戦闘や寄り道はせずに真っすぐに最短ルートのみを進む。

これまで何度も潜ることで作ってきた地図を見ればどこを通るべきかはハッキリと分かる。今までの行動は全て無駄ではなかったのだ。

消耗は最小限に、戦闘も最小限に。

どうしても倒さなければならない相手だけを倒し、メルセデス達は驚くべき速さでダンジョンを走破していく。

「プルプル、僕悪いゼリーだよ」

「またお前か。今回はダンジョンを攻略しに来た。もう会う事もないかもしれんな」

「プルプル、頑張ってね！」

「ありがとう」

このゼリーは必ず通らなければならない位置にいるので嫌でも会う事になる。

メルセデスは彼のコアをハルバードで斬り、先へと進んだ。

下へ、下へ、ひたすら下へ。

どういう仕組みかは知らないが奥に行くほど一階層の広さが変わり、迷宮のようになっていく。なるほど、トライヌが食料を尽かしてしまったわけだ。常に最短の道を進むメルセデスも流石に一日で攻略とはいかない。

ベンケイが道を知っているので地図のない場所でも簡単に次の階層へ続く階段を発見出来るのはありがたい事であった。

しかしそれでも奥に行くほどに難易度は上がり、迷宮は複雑化していく。

メルセデスは事前の下見やマッピング、ベンケイという味方を得る事でスムーズに進んでいるが、そうでなければ攻略は困難を極めただろう。

初見でこれをいきなり攻略出来る奴は化物と断言していい。

だがメルセデスの歩みもシーカーの常識から見れば十分に飛び抜けた速度だ。

ダンジョンに潜って五日。たったのそれだけで、既に一行は最下層の手前まで到達していたのだから。

「主。次の二十五階層が最下層となります。その前に一度休むべきかと」

「分かった。なら今日はここで休み、明日に最下層を制覇する」

アイテムは一切使わず、食料にもまだ余裕が十分ある。

これならば後三往復くらいはしても問題ないだろう。

メルセデスは缶詰を開けて、そこに入っていた魔物の肉をフォークで食べる。

それから板チョコを一枚平らげ、その日は寝る事にした。

見張りは交代制で、一人四時間寝るようにしている。

そして翌日——メルセデス達は目的である門の前で、ベンケイと名付けられる前のアシュラオーガと対峙していた。

「よくぞ来た、宝を求める者よ。しかしこの先には俺がいる限り進ませはせん」

「なるほど、本当にお前がいるな、ベンケイ」

「主」

「分かっている。任せた」

アシュラオーガの前にベンケイが歩み出る。

同じ存在なのだろうが、しかし二者には一目で分かるほどの違いがあった。

アシュラオーガはメルセデスが出会った時そのままの外見で、武器も六本の剣だけだ。

対し、ベンケイは全身を鎧で包み、武器も剣以外にさまざまな物を装備している。

メルセデスとの出会いで変わったベンケイと変わる前のベンケイ。過去と現在。

その差は明確に現れ、戦闘は終始ベンケイが圧倒した。

二人が互いの武器を振るい剣戟を繰り広げるも、武器の性能が違う。

アシュラオーガは次々と武器を叩き落され、距離を空ければ槍やクロスボウによる遠距離攻撃を受ける。

やがてベンケイは一度として危うい場面を見せる事なく、過去の己の首を斬り飛ばした。

「見事だった。お前の成長を見せてもらったぞ」

「これも主と出会えたからこそです」

武器の差はあった。だがそれ以上に開いていたのは技量の差だ。

そう、単純にベンケイはあのアシュラオーガよりも強くなっていたのだ。

メルセデスは確信する。いける、私達は強い。

謙虚は美徳であり、慢心は悪徳である。

だが自信すら持てない者がどうして勝利を掴めよう。勝てると思わずしてどうして勝てよう。

だからここは自信を持つべき場面だ、自分達は強いと己に言い聞かせるべきだ。

気は持ちよう……行きすぎた謙虚はただの卑屈である。

だからメルセデスは慢心に近い感情であると分かっていても、自分は強くなったと素直に考える事にした。

見上げるのは、大きさにして十メートルはあろうかという門だ。この先に何かがある。

何があるかは行ってみなければ分からないし、困難がある事だけは確かだろう。

「さあ、行くぞ。この先に何があろうと、私はもう引き返す気はない。地獄の底までついてこい」

「御意」

「ワォン！」

扉に手をかけると、呆気ないほど簡単に扉は開いた。

中は黄金で塗装された絢爛な一本道がある。そしてその先にはベンケイが言ったようにもう一つの扉があったが、メルセデスはこれも臆せずに開いた。

そしてその先にあったのは——大広間と、更にそこにあった二つの扉だ。

右の扉は黄金。左の扉は漆黒。

それはまるでこの先の分岐点を示しているようで、メルセデスも知らず緊張に喉を鳴らしていた。

『よくぞここまで到達しました。シーカーよ』

声が、広間に響いた。

意外にもそれは女の声だ。もしかしたら少年の声なのかもしれないが、メルセデスは第一印象でとりあえず、この声の主を女だと思う事にした。

『貴女の前には二つの扉があります。開けるのは一度のみ。名誉と宝を求めるならば黄金の扉を開きなさい。そこには栄光が約束されています。困難はありません。貴女は成し遂げたのです。そこにある宝を好きなだけ持ち帰り、名誉と栄光に溢れた生涯を送るといいでしょう。地上へと続く、魔物のいない通路も用意してあります。ただし、この扉を選択した者は二度と黒の扉を開けません。黒の扉がその者の前に現れる事も二度とありません。黒の扉の存在自体を記憶から抹消し、貴女は永遠に真実へ続く道へは入れなくなる。これは、このダンジョンのみでの話ではなく、どのダンジョンに入っても同じ事です。真実への扉が開かれるのは一度のみ』

『真実を求めるならば黒の扉を開きなさい。そこには困難と試練が待っています。命を賭し、試練に打ち勝てたならば貴女は世界の真実の一端に触れる事が出来る。ただしこの試練に情けはありません。敗れれば貴女は命を落とし、全てを失います』

『さあ選びなさい。真実を得るか全てを失うか。それとも栄光を手にするか。選べるのは一度のみ。ここで引き返せば扉は二つとも、二度と開きません』

メルセデスは声を聞き終え、そして思う。何とも意地の悪い二択だ。

普通に考えれば、悩む必要すらない……黄金の扉一択だ。

それはそうだ。大抵の者はここに来るまでに体力も使い果たしているだろうし、アイテムや食料だって殆ど残していないだろう。

その状態で更に困難と戦えと言われても、そんなのは誰だって嫌だ。

いや、それしか道がないならば意を決して挑むかもしれない。

だがここにはもう一つ、安易なゴールが存在している。

黄金の扉を選べば、何のリスクもなく宝を手にする事が出来る。

元々、ダンジョンに潜る者の目的など最初から奥に眠ると言われている宝の山なはずだ。

ならば初志とも一致するし、わざわざ死ぬ可能性のある黒の扉を選ぶ理由がない。

過去にダンジョンから宝を持ち帰ったという僅かな成功者達は恐らく、ここで黄金の扉を選んだ者達なのだ。

そしてきっと……黄金の扉を選択されたダンジョンは後で復活する。

だからダンジョンは未だに七割も攻略されずに世界に残ったままで、あるいは今もどこかに出現しているのだ。

逆に完全攻略され、復活する事もなくなった三割は……黒の扉を選び、困難に打ち勝った？　そう考えれば、ある程度の説明がつく。

「……ベンケイ、クロ。覚悟はいいな」

「はっ」

「ばう！」

メルセデスは一度後ろの一人と一匹に確認し、それから前を向いた。

「――黒の扉を開いてくれ。試練とやらに挑もう」

第十六話　試練

メルセデスの声に応じ、黒の扉が開かれた。

中に広がっていたのは広い、広い――どこまでも広いだけの空間だ。

一体何をどうやってダンジョンの中にこんな空間を形成しているのかは分からないが、メルセデスは動揺を表に出さないように努め、扉の中へと踏み込んだ。

ベンケイとクロもその後に続き、荷物持ちのクライリアだけは扉の外に残す。

すると扉はゆっくりと閉まっていき、メルセデス、ベンケイ、クロを閉じ込めた。

これで試練を突破しない限り、生きては帰れないわけだ。

「真実に挑む者よ、よくぞ来た」

空間の奥から声が響く。

先程とは違う、低い男の声だ。

どうやらこの声の主が試練というやつらしい。

「ここまで来た者に余計な言葉は最早不要……真実を求めるならば力を示すがよい」

「分かりやすいな。要は貴様を倒せばいいのか」

「そのとおりだ……ただし、出来るのなら」

武器を構えるメルセデス達の前で声の主がその姿を現した。

それは腕を組んだ顔のない人のような何かであった。

ただし、そのサイズは二十メートルは超えているだろう。どう見ても人ではない。

背中には三対六枚の翼。左側は白く輝く天使の翼で、右側は暗く濁る悪魔の翼を生やしている。

更にその背には輝く光輪を背負い、黒い炎が全身を渦巻いていた。

(……何か、たかが一つのダンジョンの最下層でRPGのラスボスみたいなのが出てきた……)

「我は永久なる光、永劫なる闇……真実を求める者よ、汝《なんじ》に死の安らぎを与えよう」

(一つのダンジョンのボスにすぎない奴が何か、世界の命運を懸けた戦いのラスボスみたいな台詞を吐いている……)

「我が名はシュバルツ・ヒストリエ……抹消されし歴史。誰もが目を背け、若き日の苦痛と共に封印する負の記憶」

(いや、お前ただのダンジョンのボスだろ……)

試練を見たメルセデスの感想は何というか、「あ、うん」という感じであった。

いや、強い事は見て分かるのだ。倒すのはきっと困難だろう。

しかし何というか、もっと他になかったのだろうか?

この敵の姿は何だか、前世の若い頃を妙に擽《くすぐ》って少し嫌だ。

具体的には十四歳頃を思い出して嫌だ。

「だが人は過去からは逃れられぬ……どれだけ厳重に封じようと、犯した過去は変わらぬ。消したくとも消えぬ過ち。忘れたくとも忘れられぬ罪……我は誰の心の中にも存在している。だが我はその苦しみから解き放ってやろう……さあ、全てを忘れて眠るがよい！」

シュバルツ・ヒストリエは腕組みを解き、両腕を広げた。

来るか！　そう判断し、メルセデス達は構える。

それと同時にまず彼は、この試練の開始を告げる第一撃を放った。

「序章――鎮まらぬ腕《アルム・バンダージェ》」

ヒストリエが技名を宣言すると、彼の腕に拘束具のように巻き付いていた包帯が解ける。

そこから放たれるのは黒い炎だ。

まだ触れてもいないのに肌を焼くようなヒリヒリとした熱気が伝わってくる。熱量もそうだが、きっと何か特殊な効果でもあるのだろう。あの黒炎がただの視覚効果優先のコケ威《おど》しとは思えない。

だが要するに当たらなければいいだけの話だ。

全方位へと放たれた炎をメルセデスは軽々と避け、跳躍してヒストリエの前へと跳ぶ。

そしてハルバードを一閃《せん》。重力を乗せた超重量の一撃がヒストリエへと襲いかかるが、それをヒストリエは翼で防いだ。

まるで鋼鉄を叩いたかのような感触がハルバードの刃先から柄へと伝わり、腕を痺《しび》れさせる。

メルセデスの一撃は、ここに来るまでに試した限りではゲリッペ・フェッターを盾ごと両断するだけの威力はあった。それが通じないというだけでこの翼の防御力がどれだけ高いかが分かる。

攻撃を防がれた反動でメルセデスの身体が後方へ廻り、その勢いに逆らう事なく空中で後方回転する。

上下逆さまになったところで重力魔法で制止――重力を自在に操る事が出来るならば、そこに上下の概念はない。

そのまま身体を横に回転させて横薙《な》ぎ！　先程攻撃を当てた箇所に続けてハルバードの刃をブチ当てた。

だがやはりこれも通らない。間髪を容れずに同じ箇所を連続で叩いてもビクともしない。

「二章──存在しない闇の人格《リュックザイテ・ゼルプスト》」

「……っ！」

吸血鬼は暗闇に強く僅かな光でも先を見通せる反面、強い光を前にすると視界が利かなくなってしまう。

空中のメルセデスに、ヒストリエの翼から光が放たれた。

暗闇に適応したが故に、命の源たる太陽の下では満足に生きられなくなってしまったのだ。

咄嗟に目を閉じるが、それでもメルセデスが瞼を閉じるより光が眼球に届く方が速い。

遮光眼鏡で多少は遮っているはずだが、そんな程度の対策など物ともせずに貫いてくる。

だがこの光の厄介さは、単純な視界封じだけに留まらなかった。

ヒストリエから放たれた光を浴びた瞬間、メルセデスはまるで今の自分が自分ではないような錯覚に陥ったのだ。

まるで自分の中にもう一人別の自分がいるような……そんな嫌な感覚が足元から這い上がってくる。

気付けばメルセデスは試練の間ではなく、高層ビルが立ち並ぶコンクリートジャングルの只中に立っていた。

彼女の前には誰かが立っていて、口元には笑みが浮かんでいる。

逆光でその姿を見る事は出来ない……だが見なくとも、それが誰なのかがメルセデスには分かった。

『よう、私。随分つまらなそうな顔をしているな。生まれ変わっても相変わらず中身がないままか

『……馬鹿は死んでも治らないな』

「…………」

なるほど、精神に干渉する攻撃か。メルセデスは目の前の相手に近づきながらそう分析した。

だがそれにしては何をしたいのかが分からない。まさかこの程度でどうにかなると本気で思っているのだろうか？

自分を前に出されたところで別に何とも思わないし、ましてやそれが決別した前世ならば尚の事。

まるで心には響かない。

『所詮お前は……』

「邪魔だ、どけ」

何ら躊躇せずにハルバードを薙いで前世の自分のような何かを消し去った。それから首を振って前を見る。

先程の光のせいで少し視界が塞がれたが、何とか戻ってきた。

そうして精神干渉を撥ね除けるも、その隙にヒストリエの拳がメルセデスを捕らえた。

咄嗟にガードをし、重力魔法でヒストリエの拳を軽くした。

それでも派手に飛ばされて地面へと激突させられる——が、背中がぶつかると同時にバックフリップ。後方宙返りをして即座に体勢を立て直した。

それと入れ替わるように左右からベンケイとクロが跳び、ヒストリエに挑む。

メルセデスを心配する様子も、守りに入る気配もない。仮に自分が危なくなっても一々守ろうとせずにその隙を狙えと最初から指示してあるからだ。

「三章――哀れむ周囲の目《ミットライト・アオゲ》」

宣言と共に空間全域に目が出現した。

それらはまるで哀れむように、あるいは蔑むようにメルセデス達を見ている。

全方位から見張られている、というのは不利だ。動きが全て筒抜けになってしまう。

死角が死角でなくなり、奇襲が奇襲として成立しない。

クロとベンケイの攻撃も容易く見切られ、翼で弾かれてしまった。

『あの親子、貴族なのにあんなに貧乏な暮らしをしているわ』

『ああ、なんて可哀想』

『惨めなものだ』

周囲の目から、こちらを哀れむような感情が伝わってきた。

だがメルセデスはその全てを無視した。というより気にする価値もない。

他人に哀れまれて何か損をするわけではないし、得があるわけでもない。ただひたすらに無価値なだけで心底どうでもいい。

だから目を放置して、ヒストリエの上へと跳躍した。

当然その動きは見切られているだろうが、ならば回避出来ない攻撃をくれてやればいい。

掌を翳《かざ》すとヒストリエを中心として引力が発生し、メルセデス自らがそこに吸い込まれるように突撃した。

そしてハルバードを大きく振りかぶり、刃先に重力を集める。

「重力十倍！」

振り下ろすのに合わせて重力魔法で重さを増加。

叩きつけたハルバードごと地面に急降下し、地面に刃が食い込んだ。

それと同時に切断されたヒストリエの翼が宙を舞い、轟音を立てて地面へと落ちる。

……通じる！

手強い敵だが、決してこちらの攻撃が効かないわけではない。

それを見てベンケイとクロも士気を上げ、メルセデスと連携して攻撃を行う。

ベンケイは六本の武器を巧みに操ってヒストリエの体勢を崩す事に専念し、クロは飛び回って攪乱をする。

更にそのクロを足場としてメルセデスが跳び、渾身の一撃を叩き込む。

だがそれを厄介と思ったのだろう。ヒストリエは次なる攻撃へと移った。

「四章――孤独を気取った孤立《アインザームカイト》」

瞬間、メルセデスの周囲は暗闇で包まれた。

ベンケイの姿も、クロの姿もどこにも見えない。

いや、見えないだけではなく視えない。音すら聞こえる事のない完全な暗闇……いかに吸血鬼といえど僅かな光すらない真の闇を見通す事は不可能だ。

不味い、孤立させられた……！

まさかの事態に焦るメルセデスだったが、しかしすぐに心を落ち着かせる。

視界は利かず、聴覚も機能していない。

嗅覚も……それどころか触覚すら封じられたらしく持っているはずのハルバードの感触すら感じられなかった。

自分が立っているのかどうかも分からなくなり、更に時間感覚まで曖昧になる。

まるでここに、もう何時間と放置されているような気がしてくる。

だがメルセデスの心に動揺は全くなかった。

まるで自分という存在そのものがなくなったかのような感覚の只中にあって、それでもメルセデスの思考は平常通りの冷静さを保っていた。

(感触はない……姿も見えない……だが感じられないだけで、そこにいるはずだ)

目を閉じ、五感を封じられたままにハルバードを薙いだ。

見えずとも聞こえずとも、感じられずとも。それでもこの手の中には武器がある事を知っている。

敵がそこにいる事を知っている。

当たった感触も手応えもないが、それでもメルセデスは氷の冷徹さで攻撃を続けた。

すると突如として黒い炎がメルセデスに襲いかかった。

「ぐっ、あ!」

全身を炎に焼かれながらも素早く再生し、地面に着地する。

今の一撃でコートに火がついてしまったので素早く脱ぎ捨て、懐から魔石を取り出す。

ダメージは受けたが、視界以外の五感が戻ってきた。恐らく闇の中で続けた攻撃がヒストリエに当たっていたのだ。

そのダメージによってヒストリエの能力が解除されたのだろう。

それでも未だ闇は続いているが……冷静になって見極めればいい。本当に孤立させられたわけではない。ただ仲間の姿が見えなくなっただけだ。

そしてそれは、周囲の目が教えてくれる。

ほら、今だってそうだ。いくつかの目が自分以外のどこかを見ている。つまり、そこにベンケイとクロがいる。

メルセデスは炎の魔石を投げて派手に爆発させ、閃光で闇を一瞬だけ無理矢理晴らした。

更に跳躍してからハルバードを振り回し、魔法で風の刃を放って周囲の目を次々と潰していく。

薙ぐ、潰す。薙ぐ、潰す。閃刃が連続して煌めき、目が潰れると同時に闇が消えていった。

「ベンケイ、クロ、無事か！」

闇が晴れた時、ベンケイとクロは地面に倒れていた。

きっと五感の封印のせいで自分が立っているのか寝ているのかすらも分からなかったのだろう。

しかしメルセデスの声を聞き、二体は咄嗟に立ち上がる。

「はっ！　何とか！」

「ばう！」

仲間の無事を確認し、メルセデスはそのまま風の刃をヒストリエへとぶつけた。

よろめいた隙を見逃さずに重力魔法で飛び、今度はハルバードを直接叩きつける。

咄嗟にヒストリエも翼でガードするが、その翼ごと切断。

ヒストリエの身体に傷を刻み込んだ。

「五章――激しい後悔《ヘフティヒ・グリュック》」

次の技はまたも炎だ。ヒストリエは顔から炎を放ち、メルセデス達へ攻撃を加えた。

だがそれは先程までの黒い炎ではなく、噴き出すマグマの如き紅蓮の炎であった。

止めどなく溢れる感情のように炎が空間を埋め尽くし、まるで過去を後悔して転げまわっているかのように炎が暴れまわる。

メルセデスはこれに水と氷の魔石をありったけ投げつけて防御するが、防ぎ切れない。

だがこれでいいのだ。彼女の狙いは防御などではないのだから。

「伏せろ！」

メルセデスが指示すると同時にベンケイとクロは可能な限り距離を空けて伏せた。

メルセデスも同じく距離を空けて魔石で風の防壁を展開。

直後、高温の炎によって急激に気化した水が大爆発を起こし、ヒストリエ自身を襲った。

いわゆる水蒸気爆発というやつだ。

規模によっては山体崩壊すら引き起こすこの爆発は流石に効いたのだろう。

ヒストリエは目に見えて弱り、翼もボロボロになっている。

そこを逃さずにクロが走り、その上にメルセデスが乗る。

ヒストリエも迎撃の炎を発するが、それをクロが機敏に避ける事でメルセデスは攻撃のみに集中する事が出来た。

炎を回避したクロが試練の間の壁に足をつけ、そのまま壁を疾走する。

「は！」

ハルバード一閃。

ヒストリエの脇腹を斬りつけ、反撃を浴びるよりも速くクロが離脱する。

入れ替わりで攻めるのはベンケイだ。彼はクロスボウを放って牽制しながら距離を詰め、複数の武器による同時攻撃でヒストリエの翼を抉った。

「畳みかけるぞ！」

メルセデスが指示を飛ばしてクロから跳躍。

ハルバードを軽々と振るって斬撃の嵐をヒストリエへと浴びせた。

ベンケイとクロもそれに同調して連続攻撃を加え、ヒストリエはそれを翼や腕で的確に防ぎ、反撃する。

三対一でも尚互角。やはり試練と言うだけあって半端な強さではない。

「六章――過去は変わらない《ウンフェアエンダーリヒ・アインスト》」

その宣言を受けた瞬間、またしてもメルセデスは幻覚を見た。

見せられたのは前世の最期――階段から落ちて、つまらなく死んでいく自らの末路。それを何度も何度も追体験させられる。

落ちて死んで、落ちて死んで、そしてまた落ちて死んで――。

「下らん」

そう吐き捨て、メルセデスはハルバードを薙いだ。

幻覚ごとヒストリエの身体を裂き、現実へと帰還する。

何だこれは。先程の暗闇が幻覚に変わっただけで何も芸がないではないか。

五感を封じられようが幻覚を見せられようが、今が戦闘中で自分の前に敵がいる事が分かっているのだから武器を振るうだけだ。そこに何の変わりもない。

だが侮るのは早かった。メルセデスの身体が突如炎に包まれたのだ。

いや、メルセデスだけではない。

ベンケイもクロも突然吹き飛ばされ、地面に叩きつけられた。

二人と一匹はすぐに立ち上がるが、再びヒストリエが技名を宣言すると全く同じダメージを受けてしまう。

(これは……過去に受けたダメージの再現か⁉　厄介な！　こっちが本命の効果か！)

炎に身を焦がされながらメルセデスは強引に跳躍し、ヒストリエの顔をハルバードの鉤爪で引き裂いた。

過去に受けたダメージをその場で再現されるのでは、回避も防御もない。発動前に潰す以外の手が見当たらない。

だが技を止めさせようとするあまりに焦りすぎた。伸びてきた手がメルセデスを掴もうと迫る。

これを避けようとするも間に合わない。胸倉を掴まれ、動きを封じられてしまった。

そこにヒストリエは先程の顔からの炎を放とうとする。

直撃すればいかにメルセデスといえど無事では済まない。

「ちぃ！」

だが掴まれたのが服だけだったのは不幸中の幸いであった。

メルセデスはヒストリエの手を蹴って一気に後方に跳ぶ事で自ら服を破り、強引に拘束から脱出して炎を回避した。

無茶な避け方をしたせいで上半身が下着姿《アンダードレス》となってしまったが、気にしている余裕はないし、そんな事で一々羞恥《しゅうち》を感じて「きゃー」とか言うほど乙女チックでもない。

髪留めも解け、少し髪が鬱陶しいがこちらも気にする余裕はないだろう。

「重力……五十倍！」

魔力の出力を無理矢理に上げ、ヒストリエを地面に倒した。

しかしこれが今のメルセデスの限界だ。完全に魔法だけで手一杯になってしまい、自分も動けない。

だがメルセデスが動けずとも、動ける仲間がいる。

ベンケイはクロスボウを上に向けて発射し、それは重力に引かれて急降下し、ヒストリエへと突き刺さる。

それを見てからすぐに魔法を解除し、次の魔法へと切り替えた。

「フェアザンメルン！」

メルセデスのオリジナル地属性魔法第三弾は重力、というよりは引力だ。

手を翳した方向に引力場を発生させて周囲の物を引きずり込む魔法であるが、威力は大してない。

しかしこれでも少しくらいは敵の動きを阻害出来る。

先程、重力十倍の一撃をお見舞いした時も役立ってくれたこの引力魔法をもう一度使用する事でメルセデスは自らが飛び込み、引力に逆らわずに加速。勢いをつけた蹴りを力の限りめり込ませた。

まだ終わらない。ヒストリエの巨体を掴み、重力の操作と合わせて持ち上げ、宙へ放り投げる。

追って跳躍……そのまま追い抜かし、ハルバードを上段に構えて一気に振り下ろした。

ヒストリエの顔が半分ほど裂け、轟音を立てて地面へと衝突する。

「終章――アインスト……」

「させるか！」

ヒストリエが最後の抵抗をしようとしていたが、それよりも速くメルセデスはハルバードをヒストリエの顔面へと突き刺した。どんな凄い攻撃であろうと使わせなければ怖くない。

これでもまだ貫通しないが、止めはこの後だ。

メルセデスは素早くヒストリエから飛び降り、全魔力を両腕へと集約させて振り上げる。

（もってくれよ……私の身体）

魔法というのは決してノーリスクで扱える物ではない。

使う側にも相応の消耗が存在している。

それはマナと呼ばれる特殊な力だと言うが、あまり使いすぎると枯渇《こかつ》して意識を失い、最悪の場合は死に至る。

だがメルセデスはその危険を冒してでもこの場での勝利を掴む事を決めた。

それくらいしなければ、今の自分にこいつを倒す事は出来ない。そう思ったのだ。

「重力……百倍！」

重力波を限界以上の出力で発射し、更にそれを一点集中。ハルバードへと集約させた。

するとハルバードは罅割れ、自壊しながらもヒストリエへと突き刺さっていく。

そして――貫通。

ヒストリエの顔に穴を穿ち、役目を終えたかのように粉々に砕け散った。

「……見事、だ。汝等こそ、真実を得るに相応しい……」

そしてヒストリエもまた、今の一撃で崩れ落ちた。

メルセデス達への賞賛を口にし、彼は光の粒子となって消えていった。

それを見届けてからメルセデスは脱力し、倒れそうになる。

だがその身体をベンケイが咄嗟に受け止めた。

「主、大丈夫ですか？」

「……ああ。だが流石に少し疲れた」

これで試練は終わりだ。

メルセデスはやり遂げた達成感を胸に、小さく笑った。

第十七話　ダンジョンの真実

シュバルツ・ヒストリエを倒したメルセデス達の前に、更に一つの扉が出現した。

それはこれまでのような巨大なものではなく、むしろ酷く質素に思える鉄の扉だ。

メルセデスは地面に落ちていたコートを羽織り、前のボタンを留める。

羞恥心は薄いが、しかしだからといっていつまでも下着姿でいる趣味があるわけでもないのだ。

念を入れて回復の魔石を使用して全員の怪我を癒し、鉄の扉を開いた。

その先にあったのは、奇妙な光景であった。

大広間と呼んでいいだけの開けた空間にはいくつもの木が生えており、木の中心部分は丸い水槽を嵌《は》め込んだようになっている。

そして、その中にいるのは……魔物だった。

モグラの魔物に狼男、ゲリッペ・フェッター、ゼリー……アシュラオーガにシュヴァルツ・ヴォルファングまでいる。

何気なくモグラの魔物を見れば、目元にはやはり傷が付いていた。

それを抜けた先には台座があり、台座の上にはゲリッペ・フェッターの剣やベンケイが最初に使っていた剣と同じ物がある。

台座の下には穴が空いており、しばらく眺めていると、驚くべき事に台座にセットされているのと全く同じ武器が吐き出された。

ゴボリ、と音がして振り返ると木の根元から魔物が湧いており、生まれたばかりの魔物は虚ろな目で門の外へと歩いていく。

間違いない……複製されているのだ。魔物も、武器も。

「こいつが真実とやらか。魔物も道具も複製し放題だな」

『はい。そして今より、ここの施設の全てが貴女の物でございます……ダンジョンマスター・メルセデス様』

誰かへの問い、というわけではなかったのだが、メルセデスの言葉に答える声があった。

それは最初にも聞いた、あの女性の声だ。

しかし声はすれども姿はせず。肝心の声の主がどこにも見えない。

「お前は？」

『私は製造ナンバー十二、識別コード〝ツヴェルフ〟。貴方達が今いる、このダンジョンそのものです』

ツヴェルフ、と名乗った声の自己紹介を聞き、メルセデスは流石にこれには動揺した。

それを表に出す事はしないが、驚愕を隠しきれずに若干表情が引き攣《つ》ってしまった事を自覚し、自分もまだまだであると自戒する。

そんな彼女の前で一人の女性が現れ、一礼をした。

黒髪を束ねた白衣の女性で、顔には眼鏡をかけている。

美人ではあるが、メルセデスが驚いたのはその外見の特徴だ。

耳が尖っていない、獣の特徴もない、鳥の特徴もない、そして吸血鬼特有の瞳孔もしていない。

……人間だ。ファルシュではない。

学名ホモ・サピエンス。前世ではメルセデスもそうであった、ヒトと呼ばれる生き物だった。

「にん、げん……？」

『それは正解でもあり、間違いでもあります。確かにこの姿はヒトの姿でありますが、貴方達と話しやすいように私が映し出した立体映像にすぎません。そしてこの姿は私自身の姿ではなく、私を創造した神々のうちの一柱を模倣したものでございます。それにしても驚きました。貴女は神々の名を知っておられるのですね』

「……本で読んだだけだ」

『そうですか。旧き時代に神々の名と姿を記した文献は全て処分されたはずなのですが、まだ現存していたのですね。ファルシュにかけた思考のロックが世代交代で弱まったのでしょうか……ファルシュは姿を記した文献などを作る事を無意識下で避けるように出来ているはずなのですが……』

メルセデスの知る限り、人間は神ではない。

神話などでは人間は神の姿を真似た生き物だという話はよく出るが、それでも人間そのものはただの生き物のはずだ。

これは彼女にとって無視出来ない出来事であった。

たまたまこの世界を創った神々が『ニンゲン』という名だったのか。

それとも自分の知る人間が神を名乗ったのか……似ているようでも全然違う。

メルセデスは思う。今まで自分はずっと、ここを元の世界とは無関係の異世界だとばかり思っていた。

だがもしかしたら……ここは異世界などではないのかもしれない、と。

「ここが私のものになると言ったな。それはつまり、これからは私が魔物も道具も生産し放題という事か？」

『はい、そのとおりです。ただし無限に生産出来るわけではありません。魔物や道具の複製にはエネルギーが必要となりますので、それが足りない場合は複製出来ません』

「それはどうやって増やす？」

『時間と共に自動で大気中に散布されたナノマシン……貴方達の言葉で言えばマナを吸収し、チャージされていきます』

メルセデスは頭が痛くなった。それは実質無限と言っていい。

そして突っ込みが追いつかない。何だ思考のロックって。何だ、ナノマシンって。

どうしたものか。確かに真実を求めたのは自分だが、まさかこんな物が出てくるとは思わなかった。

魔物も道具も複製し放題……これは使い方によっては一国に匹敵する軍事力だって得る事が出来てしまう。

そして更にもう一つ不味いのが、ダンジョンの真実に到達した者が過去にいる以上、そうした者達もまたこれを抱えていると考えていい。

何故表舞台に出てこないのかは分からないが、一国すら滅ぼせる力を持つ個人が確実に、この世界には何人かいるのだ。

『まずはマスターキーをお受取りください。マスターキーは決して壊れる事のない金属で出来ており、自己修復機能も有しておりますので通常の手段ではまず壊れません。神々の戦において使用され、一国すら滅却したという〝神の火〟に耐えたという記録もあります』

ツヴェルフがそう説明すると同時にメルセデスの前に一つの宝石が現れた。

震える指先でそれに触れると、宝石が淡く輝く。

『マスターと認証されました。続いて待機モードと鍵モードの形状を決定してください』

「待機……？　鍵、モード？」

『マスターキーは持ち運びに優れた待機モードと、鍵として使用する際の鍵モードの二種類の形態がございます。鍵モードは武器としても使用出来ますので、剣などの形にする事を推奨します』

「鍵の時も小さくはならないのか？」

『技術の問題上、どうしても鍵の役割を果たす際には刀剣サイズになってしまいます。限界まで小型化はしているのですが、これ以上は不可能だったようです。申し訳ありません』

メルセデスはふむ、と頷《うなず》いてツヴェルフの説明を理解する事に努める。

理由は分からないが待機モードと違い、鍵として使う時は大きくする必要があるらしい。

恐らくそれは、必要とする役割の差なのだろう。

技術的に小型化不可能なのではなく、鍵の果たす役割が大きすぎて小型のままではそれを為せないのだ。

半面、待機モードは何もしなくていいのだから小型にしてしまって問題ない……というところか。

「なら、ハルバードがいい。私が使っていた物と同じような形状で頼めるか？」

『了解いたしました』

メルセデスの前の宝石は物理法則を無視して大きくなり、やがてそれはメルセデスが使用していたハルバードと全く同じ見た目となった。

手に馴染む感じも前と同じ……いや、むしろ前よりも手に馴染む気すらする。

『待機モードと鍵モードの切り替えは手にした状態で念じてください。そうすれば鍵は変化します』

「ふむ……確かに」

言われたままに念じると、面白いようにハルバードと宝石の形を往ったり来たりする。

とりあえず宝石のままだと落としてしまいそうなので、後でこれを嵌め込める鎖付きのアクセサリーでも作ろうとメルセデスは決めた。

変にひけらかしているとスリに狙われるかもしれないので、ベルトと鎖を繋いでポケットの中に入れておく形がいい。

『その鍵があれば、貴女はダンジョンを持ち運ぶ事が出来ます。鍵モードにしたまま〝圧縮〟と宣言してください。それでダンジョンは鍵の中に封じられます』

「……それをした瞬間、私達まで一緒に中に封印されたりしないか？」

『封印すべきでない物をイメージしていただければ、それは収納の対象外となります』

「なら……〝圧縮〟」

メルセデスは次の瞬間、軽々しくそれを試した事を軽く後悔した。

ダンジョンがまるでハルバードに吸い込まれるように景色が歪み、メルセデス達を残してその場から嘘のように消失してしまったのだ。

ただ消えたのではない。ダンジョン全てが、まるでモデリングの最中の三次元映像のようになり、現実離れした光景で消えていった。

後に残されたのは、ただの草原となってしまった場所に取り残されたメルセデス達だけだ。

扉の前に残していたクライリアは何が起こったか分からないという顔でメルセデスを見ている。

『どうでしょう？　実感いただけたでしょうか？』

「ええと、ダンジョンを出す時はどうするんだ？」

『〝解凍〟と宣言してください』

とりあえず騒ぎになる前に一度ダンジョンを戻そう。

そう考えたメルセデスであったが、しかしもう遅かった。

近くにあるシーカーの集落が騒がしい。こちらに近づいてくる気配も感じる。

それはそうだ、いきなりダンジョンが消えたら誰だって驚く。

「……ベンケイ、逃げるぞ」

「は、はい！」

とりあえず、この場は姿を見られる前に逃げるべきだ。

メルセデスはその場から全速力で逃走し、後にベンケイ達も続いた。

どうも、予想以上に厄介な物を抱えてしまったようだ。

◆

メルセデスがダンジョンを攻略してから一週間。都は大騒ぎであった。

何せこれまであったダンジョンが突然消失したのだから、当然誰かが攻略したという事になる。

一体誰が攻略したのだろう？　何故その人物は出てこないのだろう？　そうした話題が都市の至る所で交わされ、メルセデスは肩身が狭い思いをしていた。

そんな中で当然シーカーとしての仕事など出来るはずもなく、そもそもやる必要性がもうない。

何せ、ダンジョン丸ごと手に入れたという事はつまり、黄金の扉の先にあったお宝も丸ごとメルセデスの物になってしまったという事だ。

今まで財を得てきた挑戦者達は持てる搭載量の限界などから、全てを手に入れたわけではない。

ほんの僅かに、持ち帰れる量だけを持ち帰ってきた。

勿論そこには搭載限界を増やす為の運搬用の魔物などもいて、かなりの量を持ち帰っていただろうが、全体から見ればほんの僅かだ。

だがメルセデスはその全てを得てしまった。

正確な額は計算していないが、国家すら転覆させかねない額だろうとメルセデスは考えている。

実際にあの後、黄金の扉の奥を見てメルセデスはあいた口が塞がらなかった。

広さにして体育館が大体三個分といったところだろうか……その広大な空間を埋め尽くすように金銀財宝が漫画のように積まれていたのだから。

天まで届くような金貨の山など現実に見る事は絶対にないと思っていたのに、まさか自分がそれを手にする日が来ようとは……こんなものを渡されてどうしろというのだ。

他にはダンジョンキーの持ち主であれば、ダンジョンを出現させなくてもダンジョン内を見る事が出来るのも分かった。

意識する事で鍵の持ち主にだけ見える立体映像としてその場に展開されるのだ。

だが何より驚かされたのは、このダンジョンには鍵の持ち主が好きにデザインなどを変える事が出来る拡張機能まで備わっている事であった。

更にサイズも変える事が出来るが、これにもマナを使う為、無限に大きくするとかは出来ない。

ただし、今ある物を削ったり狭くしたりする事でマナを回収出来るので、二十五階層の広さを一階層に集めて広くする事ならば可能だ。

「なるほど……いくらダンジョンが攻略されても、新しく出現するわけだ」

『挑戦者が金の扉を選んだダンジョンはその場から消え、ランダムで再構成されてから別の場所に出現します。なので正確には新しく出現しているわけではありません』

「同じダンジョンが何度もデザインを変えて現れていたわけだ……」

ダンジョンが増える理由が、こんな単純な事だとはきっと誰も想像していないだろう。

増えていたのではない。同じダンジョンが使い回されていただけなのだ。

ダンジョンの攻略は世界全体で見ても僅か三割と言われているが……実際は三割どころか、一割すら攻略されていないのだろう。

大抵の者はきっと、あそこで金の扉を選んでしまうだろうから。

「……だが、妙だな。私如きでも試練を越える事が出来たのだ。ならばもっとダンジョンは攻略されていてもいいはずだし、私と同じく黒の扉を越える者がいても不思議はない」

メルセデスが不思議に思ったのは、あまりにも攻略者の数が少ない事であった。

どちらの扉を選ぶかはともかくとして、自分のような小娘でも扉の前には行けたのだ。

ならばもっと、大勢が扉の前に到達していてもおかしくないのではないか？

それどころか、黒の扉を越えてダンジョンを得た者がもっといてもいい。

しかしその問いに、ツヴェルフの若干呆れたような声が返ってきた。

『マスターはどうも、ご自身を低く評価しておられるようです。思うに、身近に比較対象がいなかったのではないでしょうか？』

「まあ、私以外の吸血鬼が戦う姿というのを近くで見た事はないな」

『マスターが従えているアシュラオーガやシュヴァルツ・ヴォルファングは鍛えられた吸血鬼が数人いてようやく戦える強さに設定されています。分かりやすく言うならば、ランクAのシーカーが数人いてようやく倒せる……下手をすればそれでも全滅しかねないレベルです。試練のシュバルツ・ヒストリエに至っては軍を相手に戦う事すら出来るでしょう』

ツヴェルフの言葉をメルセデスは大げさだと思った。

確かに自分はきっと強いのだろうという確信は既に抱いていたが、いくら何でも軍と戦えるというのは言いすぎだ。

第一、ここは吸血鬼の国だ。か弱い乙女ですら平然と百キログラムの重量を持ち上げたりする種族が吸血鬼である。

そこらを歩いている老婆が本気で走れば人間の短距離走世界記録など軽く塗り替えてしまえるのが吸血鬼である。

それが兵となり軍となれば、強さは考えるまでもない。

自惚れかもしれないが自分は強いのだろうと思っている。

しかし、いくら何でもそこまで強いと自惚れるのは難しい。

メルセデスの強さへの認識は未だズレたままだ。

比較対象がいないが為に、彼女は自身の異常さを未だ正確には把握していなかった。

第十八話　嬉しくない招待状

ダンジョンを攻略した事でメルセデスの装備は一新した。

新しい装備を買ったわけではなく、ダンジョンの宝物庫に強力な装備が転がっていたので、ボロボロにされた服の代わりにそれを使う事にしたのだ。

その服は今までのシーカー向きの恰好から一転し、普段着としても使える貴族然としたデザインのものであった。

白いシャツの上から赤のウェストコート。

ズボンは灰色で、脛《すね》から足先までを黒いブーツが覆っている。

上着として黒いチェスターコートを羽織り、首元にはアスコットタイを着けてクラシカルな雰囲気を出している。

メルセデスはどちらかというとデザインよりも実用性重視だが、だからといって別にお洒落に興味がないわけではない。

あくまで実用と見栄えの二択を選ぶならば実用を選択するだけだ。

しかし余裕があれば、見栄えにだって少しくらい意識を割く。

生活の土台を固め、財も手にした。ならば少しくらいは洒落た恰好をしてもいいだろうと考えるくらいの遊び心はメルセデスにもあった。

その結果がこの洒落た恰好である。

だが勿論、見栄えだけではない。単純にこの服の防御性能が高いのも着用している理由だ。

着心地はよく、それでいて防刃、防弾、耐熱性能に優れ、衝撃にもある程度の耐性を持つ。

更に破れにくく、サイズは着用者に応じて変わるのでいつまでも着ていられる。

防具としての性能は前の服とは天地の差だ。ツヴェルフ曰く、神々のテクノロジーの産物らしい。

ダンジョンキーはアクセサリーとしてブローチに加工。花形のブローチの中央に宝石を嵌め込んで固定し、更にブローチは鎖でベルトと繋いで窃盗防止をした。

無論ひけらかすような真似はせず、その状態で普段はポケットに入れている。

更に宝物庫を調べた結果、そこにあった魔石にメルセデスは注目した。

一見するとただの魔石であったが、既存の魔石との違いは使い捨てではなく効果が永続する事だ。魔石そのものは別に珍しくも何ともない。ダンジョンなどで落とす魔物もいるし、近年では製造方法が解き明かされて市場にも出回るようになった。とても貴重な品とは呼べない。

しかしその大半は使い捨てか、そうでないにしても効果が長続きする程度の性能である。

込めた魔法の効果が永続する魔石など、それこそ過去にダンジョンを制覇した者が持ち帰った僅かな量しかなく、しかもそうしたものは大抵攻略した本人が独占しているので市場には殆ど出回らない。

仮に市場に出ても、その貴重さから値段は跳ね上がり一部の貴族くらいしか手が届かないだろう。

そしてメルセデスもそれは同じだ。市場に流すような真似はしない。

彼女は永続魔石に重力魔法を込め、それを腕輪として常日頃から持ち歩く事にした。

そうする事で常に自らに負荷をかけ、身体を鍛える事が出来るのだ。

そんなメルセデスだが、彼女は現在マルギットの家を訪れていた。理由は勿論、読み書きを教える為である。

マルギットの住む家は、メルセデスの家よりも更に貧相でとても貴族とは思えない。

歩くたびに床はギシギシ言うし、壁を見ればアシダカ軍曹が元気に走り回ってゴキブリを駆除している。

そしてマルギットの母は病弱で、ベッドの上から殆ど動けないという状態であった。

「マルギットから聞いてるわ。貴女がメルセデスちゃんね？　この前は娘がお世話になったみたいね。今後もマルギットと仲良くしてあげてね」

意外にもマルギットの母はメルセデスに対し、警戒を見せなかった。

いや、よく考えれば意外ではないのかもしれない。

メルセデスは中身はどうあれ十歳の童女であり、見ただけでは友達が遊びに来たくらいにしか思わないだろう。

割と呑気な人だな、と思いつつもメルセデスは特に余計な事は言わずに軽い挨拶を済ませ、早速マルギットの勉強にとりかかった。

字を教える、というのは意外と難しい。

メルセデスにとっては自分が覚える事より他者に教える方が遥かに困難だ。

分かりやすく説明をし、分かりやすく教える……言葉にすればそれだけだが、メルセデスにとってそれは今から未知の言語を自らが習得するよりも遥かに困難な事だった。

メルセデスの前世は、人に物を教える能力というものが著しく欠落していた。

自分が習得する時は自分なりに効率のいい方法を模索してそれを実行し、後は継続すればいい。

しかし他者にそれをやらせると、途端にやる気を失ってしまい継続してくれないという事が前世でも往々にしてあったのだ。

出来ないならば理解出来る。だがやらないのは理解しがたい。

やらないだけなのに、それを出来ないと言うのは更に理解出来ない。

効率のいい方法がそれだからやれと言った。継続するのが最も力となるから続けろと言った。

別に難しい事を求めたわけではない。当たり前の、自分が普段から実践している事を求めただけ。

なのに皆が言う。あの人は厳しすぎる、他人の心が分かっていない、と。

何故やらない、お前達は出来ないのではなくやらないだけなのだ。言い訳をするな。そう何度も説いた。

するとますます人は離れ、いつしか、そんな連中はいらぬと自ら進んで孤独となった。

そして気付けば、周りには誰もいなくなっていた。それがメルセデスの前世だ。

（……落ち着け。所詮前世は前世、私は私……何度も自分に言い聞かせただろう。アレは私ではない別人だと。私はメルセデス・グリューネヴァルトだ。[redacted]ではない……）

大丈夫だ、前世はどうしようもない失敗をして勝手に孤独になったが、自分は違う。

失敗した理由も分かっている。努力を継続させる方法を間違えたのだ。

目的の為に日々精進する事はメルセデスにとって苦痛ではない。自分が目的に向かっている事を実感出来るのはむしろ爽快だ。

だが他人はそうではない。努力が長続きしない者の方が多いという事を前世の記憶で知った。

何故、自分の力になるはずの勉学よりも目の前の刹那的な娯楽に身を任せる？　分からない。

何故、時間という限られたものを自身の研鑽《けんさん》や将来の為ではなく、何の意味もない遊戯に費やす？　分からない。

遊ぶなと言っているわけではないのだ。心のゆとりを生む為にも、適度な娯楽は必要だろうとメルセデスも認めているし、それはストレスの軽減にも繋がる。

だがそれだけを行って時間を浪費するのは何なのだ。

分からない……分からない、が……とにかく、そういう心理の働きがあるという事実だけは理解した。

自身が前に進む為に必要な歩みを何故嫌がるのかは相変わらず理解出来ないし、どう考えてもその方が効率がよくて自分の為にもなるだろうと思っているのだが……ともかく、まず事実は事実として受け入れる。

他人は努力するという行為を嫌う。継続が難しいのだと。

（適度に褒め、適度に叱り、そして成功には褒美をやる……。まずはやる気を伸ばすところから始める……よし、大丈夫だ。いける）

メルセデスはテーブルの上に教材を広げる。

まずはそう難しいものではなく、少し学べば分かる程度の簡単なものを持ってきた。

歩みは遅くてもいい。とにかく、止まらずに寄り道せずに目的地に進めばいつかは必ず辿り着けるのだ。

無理をさせない事。それが一番大事であるとメルセデスは考えた。

「さて、始める前にまず、どの辺りまで文字を覚えた？」

「ええと……何とか、この段までは書けるようになったよ」

マルギットの返事にメルセデスは表情には出さないものの、感嘆を覚えた。

どうやら彼女はちゃんと自主学習をしていたらしい。

この世界の言語は極めて日本語に近く、それで例えるならば彼女の文字の習得度は、『た』の行までを全て覚えた、といったところだろうか。

これは案外早く進みそうだ、と思ったメルセデスだがここで早速自分の方が間違えている事に気が付いた。

（いかんな……いきなり次に行かせるのではなく、まずは褒めて褒美を渡さなければ）

飴《あめ》と鞭《むち》という言葉がある。

人がやる気を持続するには鞭だけではなく飴も与えなければならない。

生憎と飴は持っていないのでチョコレートになってしまうが、今持っているお菓子はこれくらいだ。

「かなり進んでいるな。よくやった。文字を一つ覚えるたびに一切れ渡すつもりだったが……オマケだ、三枚やろう」

チョコレートは現在、金持ちの間で大人気の食べ物だ。

その値段は人気と、買い占めを行う貴族のせいで上がり続け、今や一枚二万エルカを超えている。

そんな大枚をはたいてまでチョコレートを買っている金持ち達からすれば、このご褒美は高価すぎるだろう。

しかしメルセデス本人にしてみれば百円の板チョコ以下の物を渡しているという感覚でしかない。

だがこのご褒美にマルギットのやる気は跳ね上がり、結果として勉強はスムーズに進んだ。

マルギットの勉強を終えてメルセデスが帰ると、家の前には見慣れない紋章を付けた馬車が停まっていた。

その馬車の行く手を塞ぐようにベンケイとクロが立ち塞がっており、身なりのいい男が何やら必死に説得していた。

周囲には何人か倒れており、争った跡が見える。一体何があったのやら……。

とりあえず話を聞いてみるかと、メルセデスはベンケイ達の前へと向かった。

「ベンケイ、これは何事だ?」

「はっ。この者達が屋敷の中に通せと突然訪問し、更に威圧的な態度を取っていたので敵と判断して潰しました」

「詳しく頼む」

ベンケイの語る事の顛末《てんまつ》は以下のとおりだ。

メルセデスの留守中に突然この馬車が屋敷の前に来訪し、メルセデスとその母に用があるので通せと一方的に要求してきた。

勿論何の理由で来たか分からないのに通すわけがない。

なので理由を告げろと当たり前の事を聞いたのだが、お付きの兵士が無礼だぞと叫びながら剣を抜いたので敵と判断して交戦。

両手両足をへし折り、剣と鎧も破壊して戦闘不能にしてから主の帰りを待った……という事らしい。

「お、お待ちください、メルセデス様！　我々は敵ではありません！　我々はグリューネヴァルト家からの使者でございます！　此度は招待状を渡したく参上いたしました」

「グリューネヴァルト……？　ああ、本妻の子の誕生会とやらか」

「し、知っておられたのですか」

「まあ、色々あってな」

なるほど、どうやらありがたい事に誕生会とやらに自分も誘ってもらえるらしい。

連絡が遅れたのは、それだけ軽視されているという事だろう。どうせならそのまま放置してくれればよかったのに。

招待状に軽く目を通し、大体ボリスから聞いた内容と一致する事を確認した。

日程は今から五日後だ。本音を言えば断ってやりたいが、まあ招待とは名ばかりの強制だろう。

自分だけならば無理を通してサボタージュしてもよかったのだが、これで母が悪く見られるのは本意ではない。

「分かった。必ず行くと伝えてくれ」

「は、はい。ありがとうございます」

「それと、これは誕生会とは全く関係のない事だが……最初に剣を抜いた馬鹿は誰だ？」

メルセデスの目が冷たくなり、指の関節が音を鳴らした。

吸血鬼の持つ、危険を嗅ぎ分ける嗅覚……第六感とでも言うべきものが全力で男に危険を訴えた。

空気は重く、近くにいた鳥が一斉に羽ばたいて逃げる。

恐ろしい……男は素直にそう思った。

この幼さで、この側室の子は既に強者の空気を纏っている。

「お、お待ちください。その者も悪気があってやった事ではない故……どうかお許しを」

「……二度とそいつをここに近づけるな」

「は、はい！」

問いながらも、既にメルセデスの目は倒れている兵士のうちの一人に集中していた。

答えていないはずなのに、誰が最初に剣を抜いたかを見抜いているのだ。

問いを発した時、他の者よりも僅かに強く反応した兵士。そいつが事を荒立てた馬鹿者であると悟っている。

そして口にこそ出さないが、この話を違えれば命の保証はない……そう目が語っていた。

◆

「お前達の怪我は、坂道で転んだ事にでもしておけ」

本邸へと戻る帰り道。

揺れる馬車の中で、男は兵士達にそう命じた。

グリューネヴァルトからの招待状を運んできたこの男は、ベルンハルト卿に仕える執事である。

彼は今回の側室の子達を招いてのパーティー……の名を借りた茶番をあまり快くは思っていなか

った。

本妻の子として英才教育を受けてきたフェリックス・グリューネヴァルトと放置されていた側室の子達……これで戦っても、フェリックスが勝つに決まっている。

要するに側室の子達は単なる踏み台として招待されたのだ。

だからフェリックスが勝利するのは分かりきった既定路線。そう思っていた。

「し、しかし！」

「いいから言うとおりにしろ。これ以上事を荒立てるな。下手にあの方の不興を買えば、今度こそお前達は殺されるぞ」

執事は思う。

もしかしたら、まさかの事態が起こるかもしれないと。

フェリックスは踏み台を呼んだつもりで、とんでもない怪物を招いてしまったのかもしれない。

メルセデスに仕えていたあの二体の魔物はどちらも普通ではない。兵士十人がかりでも勝てないだろう。

そしてオーガ種は自らに勝利した相手にしか仕えない。ならばメルセデスの実力はあのオーガと同等か、それ以上という事になる。

だが何よりも執事を恐怖させたのはメルセデスの目だ。

冷たい目だった。まるで生き物ではなく物を見るような……自分と家族以外の誰も信じていない底冷えのする目に執事は恐怖した。

……あれは、父であるベルンハルト卿と同じ目であった。

第十九話　フェリックス・グリューネヴァルト

吸血鬼の国における新聞というものは一部の貴族や商人の読み物である。

活字印刷の技術が確立していない為に本などを全て手書きで作らなければならず、十分な数が用意出来ないからだ。

更に言うと、そもそも識字率が低いので新聞を発行しても殆ど読まれないというのもある。

しかし、だからといって人々が情報を入手出来ないというわけではない。

街角では毎夜、同じ時間に新聞を大きな声で朗読する者がいて、人々に情報を伝える。

識字率が低いからこそ成り立つ職業だ。

「トライヌは時間を容器に封じ込める技法を発見した。この技法を使えば、季節に影響なく、春夏秋が容器の中で訪れ、農産物が畑のある状態で保存出来る。もう食料を保存するのに薫製《くんせい》や酢漬けにする時代は終わりを告げたのだ。美味なものが美味なまま保存出来る。これは今後の航海に大きな影響を及ぼすであろう」

身振り手振りを加えて新聞を朗読する男の前に人々が集まり、彼の語るニュースに一喜一憂する。

そんな活気に満ちた夜道を一台の馬車が通った。

中にいるのはメルセデスと、その母であるリューディア・グリューネヴァルト。そしてお付きの老婆の三人だ。

ベンケイとクロは万一を考え、現在はダンジョンごとハルバードの中に入っている。

余談だが、メルセデスはこのハルバードとは長い付き合いになると考え、『ブルートアイゼン』という名を付けた。

いつまでもただのハルバード呼びでは味気ないと考えての事だ。

「それにしてもメル、貴女こんな馬車を借りる事が出来るようになったのねえ」

「ああ。シーカーの仕事が上手くいってるんだ」

リューディアがのほほんと尋ね、メルセデスもそれに穏やかな声で答える。

メルセデスは普段は抜き身の刀のような鋭さと、冷たい氷のような態度を崩さないが、それは相手を信用していないからだ。

逆に言えば相手を信頼しているならば刀は鞘に納めるし、氷も溶ける。

決して本心から冷たいだけの吸血鬼というわけではない。

「それにしても、まさか儂等《わし》がパーティーにお呼ばれするとは思いませんでした。何か、よからぬ企みがないとよいのですが」

「心配はいらないよ、婆や。本妻の子が自分の優秀さを参加者達に見せつけて後継者の座を固めようとしているだけだ。ま、程々に付き合って、負けてやれば向こうも満足するさ」

今回の茶番で、メルセデスは勝つ気など全くなかった。

下手に勝って逆恨みされたり、権力闘争に巻き込まれるのは面倒臭いだけだ。

それよりはある程度相手に付き合って、適当なところで負けてやるのが一番楽でいい。

グリューネヴァルトの家督など元より継ぐ気はないし、自分を良く見せようとも思わない。

負けた結果、僅かな手切れ金を渡されて放逐されるならばそれで万々歳。喜んでグリューネヴァルトの名を捨てよう。最悪手切れ金はなくてもいい。

これは別に父が外道なわけではない。時代が中世で止まっているこの世界の貴族社会において、跡継ぎ以外の我が子を僅かな手切れ金で放逐するのは至極当たり前の事であった。

食い扶持を減らす為に我が子を戦争に送り出す事すら普通の事である。前世とは価値観が全く違うのだ。

馬車で揺られる事数刻……到着したグリューネヴァルトの本邸は流石に豪華なものであった。

屋敷の大きさや煌《きら》びやかさというのは、貴族にとって自分の力を示す意味を持つ。

だから貴族は基本的に屋敷を大きく、派手にする。そうする事で力を誇示するのだ。

シャンデリアの輝きに照らされたホールには招待された多くの貴族が集まり、グラスを片手に雑談に華を咲かせている。

こういうパーティーは普段は殆ど会わない相手と交友を結ぶ商談の場にも使える。

なので貴族達はこれだと思った相手に積極的に話しかけていくのである。

そんな中でメルセデスは予想通りにほぼ放置状態であった。

対照的に人だかりが出来ているのは、同じく招待されていたらしいトライヌのいる場所であった。

彼の下には代わる代わる貴族が訪れ、休む暇すらなさそうだ。

彼は貴族ではないのだが、缶詰の発売などで今や一躍時の人だ。

ホールの端には以前も会った他の側室の子が固まっており、メルセデスを見ると慌てて目を逸らした。

マルギットも反対側にいて、目立たないように縮こまっている。

このホールは普段はダンスにでも使うのか、中央がやけに開けている。

恐らく今夜は、あそこでフェリックスと戦う事になるのだろう。

まあ、どうせわざと負ける戦いだ。自分にとってはどうでもいい。

そう考え、メルセデスはとりあえず料理に手をつける事にした。

メニューはアルコール度数低めのビールに、ソーセージ、ジャガイモ、それから白パンだ。

白パンが出るあたりは流石貴族といったところだが、それ以外は割と拍子抜けしそうなメニューである。

しかしそれも仕方のない事だろう。

メルセデス達の暮らす吸血鬼の国は大地が痩せている為、小麦を殆ど育てる事が出来ない。

また、水も貴重でなかなか手に入らないので腐りにくく保存が利くアルコールが水分補給として主に用いられていた。

ジャガイモは痩せた大地でもよく育つのでこの国には貧富の差なく重宝され、ソーセージは冬を越す為に農家が豚を余すところなく使用して作り上げた。

ソーセージとは決して、豚のどんなところでも美味しく食べようというグルメな精神から生まれたものではなく、内臓や余った肉ですら使わなければ冬を越せない切実さから生まれた料理なのだ。

これだけの数を招待してしまった以上、料理がそうした貧相なもので占められてしまうのはある意味では当然の事であった。

だが何よりの問題は、吸血鬼は血さえ飲んでいれば生きていけるという事だろう。

血を混ぜれば大体の物は美味しく感じられるから料理文化が全然育たないし、保存食も発展しない。

干し肉をわざわざ作って食べるくらいなら、シーカーが捕まえてきた冬に強い魔物から死なない程度に血を抜き取って飲む方が早いし健康にもいい。

だからソーセージくらいしか料理らしい料理がなく、この国の料理事情は驚くほど貧相であった。

ソーセージですら、発案したのは吸血鬼ではない。そんなものなくても吸血鬼は血さえあれば冬を越せる。

ソーセージを作り上げたのは、シメーレだ。というか大体の料理は吸血鬼以外が作り出しており、吸血鬼の国発祥の料理など一つもない。

チョコレートがあれほど売れたのも、そういう背景があったからかもしれない。

そんな中で吸血鬼が好むのは豚の血液を使ったブラッドソーセージだ。

味はレバーのようであり、栄養価も高い。基本的に飲血を好まぬメルセデスも、まあこれならば、と抵抗なく食べる事が出来る。

そうして料理を食べながら待つ事数十分。やがてこのパーティーの主役が現れた。

「皆様、ようこそお越しくださいました」

現れたのは十四歳から十五歳ほどに見える金髪の美青年であった。

男の不老期は女性と比べるとやや遅い傾向があるのか、彼もまだ不老期には入っていないと見える。

隣にいるのは二十代後半から三十代半ばという感じの男性だ。

背が高く、見方によっては三十代後半くらいに見えても不思議ではない。

髪の色は青く、痩せた頬と尖った顎が特徴的だ。

だが何よりも目を引くのは、何も信じていないような冷たい金の眼だった。

（……あれが本妻の子と、私の父か）

何気なく父を見ていると、不意に彼と目が合った。

初となる父と娘の邂逅《かいこう》だが、しかし互いに向けているのは相手を信じていない氷の視線であった。

まるで道端の石でも見るように金の眼が互いを観察し、やがて興味を失ったように両者が視線を逸らした。

その間にも何やらフェリックスが演説していたらしく、彼は大仰な身振りを加えながら誕生会に集まった貴族達への感謝を述べている。

そのまま終わってくれればよかったのだが、残念ながらそうはいかない。

フェリックスの話はやがて、以前にボリスが語ったとおりに他の側室の子を巻き込むものへと変わっていく。

「皆様も既にご存じのとおり、今回、会場には僕と同じくグリューネヴァルトの血筋に連なる我が兄弟達が訪れています。そこで一つ、催しとして僕と彼等で力を競い合う事にしました」

言うまでもなく、この催しの狙いを参加者達は分かっている。

他の兄弟を打ち倒す事で自分こそが跡継ぎに相応しいと周囲に思わせる事。そして他の兄弟に諦めさせる事。そんな狙いがある事など、阿呆でもなければ簡単に分かる。

しかし誰もそれを口にしない。この催しは言わば儀式のようなものだと思っているからだ。

普通に考えてフェリックスが勝つのは至極当然の事だ。だから本当ならば戦う必要性すらない。

要するにこれは、『参加者達がフェリックスを認めた』として振る舞う為の儀式なのだ。

だから彼等は余計な事を口にしない。口々にそれは素晴らしい、面白そうだと囃《はや》し立てて茶番に付き合うのだ。

「さあ、兄弟達よ。前へ！」

面倒臭い、心底面倒臭い。

そう思いながらもメルセデスは席を立って前へと歩み出た。

だがこれに参加者達とフェリックスは僅かに意表を突かれた。

てっきり、ある程度緊張をするか、あるいは周囲を気にしながら出てくると思っていたら緊張感など微塵も感じさせずに堂々と出てこられたのだ。

その後に続くようにボリスやゴットフリート、モニカ、マルギットが歩み出る。

彼等はメルセデスと違って若干緊張しているのか、顔が強張っている。マルギットなど泣き出しそうだ。

「この勇敢なる五人の兄弟達が僕と力を競い合います。しかし、僕は女の子相手に暴力を振るう男ではありたくない。そこで、妹達三人に対し僕は一切反撃せぬ事を約束いたしましょう。彼女達は一撃ずつ僕に攻撃を行い、それに僕が耐える事で力を示してみせます」

メルセデスはその言葉に若干の安堵《あんど》を感じた。

よかった……もしもここで、自分の為にマルギットのような怯える少女を人々の面前で叩きのめすような外道だったならば予定を変更して恥をかいてもらわなければならなかった。

だが最低限の紳士としての気概は持っているらしい。これならば安心して負ける事が出来る。

「さあ、まずは君からどうぞ」

まずフェリックスが指名したのはマルギットであった。

マルギットはおどおどしながら周囲を見て、最後にメルセデスを見る。

メルセデスが頷くと、意を決したようにフェリックスへパンチを繰り出した。

たかが幼女のパンチと侮るなかれ。吸血鬼である彼女の膂力《りょりょく》は人間で言えば総合格闘技世界王者を一撃で悶絶させるくらいは出来る。

しかしフェリックスは笑顔を浮かべたままそれを受け、何事もなかったようにマルギットを抱き上げた。

「はい、ありがとう。皆様、小さな勇者に拍手を！」

まあ、これは当たり前の事だ。

吸血鬼とはいえ、幼女のパンチ一発でダメージなど受けるわけがない。

フェリックスは宣言通りに反撃を行わず、優しい兄として振る舞う事で自分の紳士ぶりをアピールする。

恐らく後二人の妹に対しても同じようにする気だろう。

続けて二番手のモニカがマルギットよりも鋭く、ドロップキックを放った。

だがフェリックスはこれにも耐え、同じように彼女を抱き上げる。

「さあ、次は君だ。来たまえ」

「………………」

メルセデスは少し困っていた。

どのくらいの力で攻撃すればいいのかがよく分からないのだ。

よく考えてみれば同じ吸血鬼を相手に攻撃するのは初の事。

吸血鬼なのだから、相手も強いと思って間違いはない……多分。

しかも英才教育を受けたエリートだ。もしかしたら自分よりも普通に強いかもしれない。

(……とりあえず三、いや、二割くらいで殴ってみるか)

二割の攻撃ならば、とりあえずモグラやゲリッペ・フェッターといった弱い魔物がギリギリ一撃死する程度だ。

ベンケイやクロなら耐え、シュバルツ・ヒストリエに至っては効きすらしない。そんな威力の攻撃だ。

これくらいならば問題ない、とメルセデスは考えた。

（ま、耐えるだろ……多分）

メルセデスは大して気負わず、自然体でツカツカとフェリックスとの距離を詰めた。

そのあまりに自然な動作にフェリックスは意表を突かれ——内臓ごと潰すかのような、凄まじい衝撃が腹部を貫いた。

一体何が起こったのか、すぐに判断する事は出来なかった。

内臓が潰れたかと思った。骨が砕けたかと思った。

それでも膝を突かなかったのは、多くの貴族や、何より父が見ているからだ。

そうでなければ苦痛に屈し、その場に倒れていただろう。

「……～～ッ！　み、見事な一撃だった……皆様、この勇敢なる挑戦者に拍手を！」

フェリックスは倒れそうになりながらも必死に虚勢を張り、何でもないかのように振る舞う。

だからこそ周囲の者達は気付かない。今、彼がどれだけ苦しんでいるのかを。

気を抜けばすぐにでも嘔吐《おうと》してしまいそうなのを堪え、苦痛を顔に出さずに振る舞う事がどれだけ難しいか……そういう意味で言えば、フェリックスのこの虚勢は賞賛されて然るべきものであった。

（ほう、流石エリート。これならもう少し力を入れてもよかったかな）

当のメルセデスは少し加減しすぎたかと反省していたが、まあ元より勝つ気などない。

それにこれ以上の力で殴っていたならば、フェリックスは虚勢すら張る事が出来なかっただろう。

フェリックスはゆっくりと自分の腹を見る。あまりの衝撃に、腹が破れて内臓が零れ落ちてしまっているのではないか……そう不安になったのだ。

しかし腹は破れておらず、しっかりとそこに残っている。千切れてもいない。

だが、そう本気で思ってしまうだけの打撃を受けたのは紛れもない事実だ。

そんな彼の前でメルセデスはぬけぬけと言う。

「流石は本妻の子だ。ビクともしないな。参った、降参だ。私の負けだよ。やはり後継者には貴方こそ相応しい」

言うだけ言って勝手に負けを認めたメルセデスは早々にその場から離れた。

そんな彼女の背を見ながらフェリックスは背筋に冷たいものが伝うのを感じていた。

彼には分かったのだ。実際に拳を受けたからこそ確信出来た事がある。

――今の攻撃……彼女は、本気ではなかった……。

もしも彼女が本気を出していたら、自分はきっと死んでいた。

その事を理解し、フェリックスは冷や汗が流れるのを止められなかった。

第二十話　暴走

ホールでは、貴族達が見守る中でグリューネヴァルトの兄弟同士の戦いが行われていた。

メルセデス達女性陣の時と違い、今回はフェリックス側もしっかり反撃している。

ただし余裕なのか、それとも自身の力を見せつける為なのか、フェリックス一人に対しボリスとゴットフリートの二人が同時に挑む事が許されていた。

しかし二対一でも、メルセデスから受けたダメージが残っていても、フェリックスの優位は揺るがない。

華麗とも言える動きで攻撃を避け、翻弄《ほんろう》するように戦っている。

吸血鬼の社会において力とは何よりも分かりやすく、そして強力なステータスだ。

生まれや地位の差が軽んじられているわけではない。だがそれ以上に吸血鬼社会においては強さこそが貴さなのだ。

シーカーも例外ではなく、Aランク以上にもなれば国から勲章を与えられて法服貴族を名乗る事を許される者もいる。

そういう意味では、この国は誰にでも等しく成り上がる機会が与えられていると言えた。

もっとも機会があるというだけで、決して簡単なわけではない。

何故なら吸血鬼の強さとは即ち、血の強さであるからだ。

強い親の血を継いだ子は強くなりやすく、逆に親が弱ければそれに比例して弱くなる。

血を重視する種族だからこそ、血による遺伝、才能の継承の度合いは人間とは比較にならない。

この素質は後天的に覆す事は決して不可能ではない……不可能ではないが、それでも容易い事ではなかった。

そして、だからこそフェリックスは同じ血を継ぐ兄弟達を危険視し、ここで優劣をハッキリさせる事で己の地位を固めようとしているのだ。

「ねえお姉ちゃん、どうなるのかな？」

「見てのとおりだ。あの二人ではフェリックスに勝てん。勝負ありだな」

マルギットの問いにメルセデスは残酷とも言える答えを返す。

ボリスもゴットフリートも、結構頑張ってはいるがやはり実力の開きが大きすぎる。

英才教育を受けて育った者と、そうでない者の差は決して小さくない。

「でも、お姉様なら勝てたのではなくて？」

「……お前は、確かモニカだったか」

「覚えておられたのですね。光栄ですわ」

横から口を挟んできたのは、メルセデスの腹違いの妹であるモニカ・グリューネヴァルトであった。

金髪縦ロールの、いかにもお嬢様といった恰好の少女だ。

どうでもいいが、この家系はやけに金髪の比率が高い。

父であるベルンハルトの髪はメルセデスと同じ青なのに、父と同じ青い髪をしているのはメルセデス一人だけだ。

ならば他は全員母親側の血という事になるが……ベルンハルト卿はもしかして金髪フェチなのだろうか、と少しだけメルセデスは考えてしまった。

「前と口調が違くないか？」

「その節は失礼いたしました。お姉様の偉大さを理解出来なかった私をお許しください」

メルセデスは兄達の戦いを見ながら、若干モニカの態度の変化に困惑していた。

以前会った時は殆ど話さなかったが、それでも口調は確かタメ口の上にこちらを見下すように見ていたはずだ。

それは別に不思議な事ではない。同じ側室の子であっても、母の格が違うのだ。

モニカは最初に出会った頃から身なりのいい恰好であったし、都では高額お菓子として販売されているチョコレートをマルギットに少しだけとはいえ与えるだけの余裕もあった。

恐らくモニカは、父だけではなく母も貴族なのだろう。

そんな彼女から見ればメルセデスは市井の女の腹から生まれた格下のはずだ。尊大な態度で接する事に何ら不思議はない。

だというのに、再会した彼女はどういうわけかメルセデスを敬うような態度を取り、以前はあったはずの見下すような態度も消えている。一体彼女に何があったのだろう。

「あの時、私は魅せられたのです。お姉様の持つ力に。何よりも、凛とした強者の風格に。ボリスやフェリックス兄様などよりも、貴女こそがグリューネヴァルトの名に相応しい」

「生憎と興味がない。そんな名は長男にくれてやるさ」

「でしょうね。だからこそ、勝てた戦いにわざと負けたのでしょう？」

メルセデスはモニカを見た。

態度の急変が少し不気味で、狙いが掴めない。

取り入るのが目的なのか、それとも何か別の狙いがあるのか。

どちらにせよ、油断だけはしない方がよさそうだ。

「何の事か分からんな。ところで、決着がついたようだぞ」

話を無理矢理打ち切って視線をホールへと戻す。

そこではボリスとゴットフリートが倒れており、傷一つないフェリックスが皆の喝采《かっさい》を浴びていた。

メルセデスもとりあえず周囲に合わせて拍手し、表面上だけ彼を認める素振りを見せる。

気になるのは、息子が折角勝利したというのに表情一つ変えず、祝福する気配もないベルンハルト卿だが……まあ、気難しい男なのだろう。そう考えてメルセデスは彼について考えるのを止めた。

「これにて、腕試しは終わりとなります。皆様、勇敢なる我が兄弟達に惜しみなき拍手を！」

勝者であるフェリックスは貴族達の前で優雅に一礼をする。

その姿を見て人々は口々に『やはりフェリックス様こそ後継者だ』などと囃し立てており、腹の内を見せずにこの茶番に付き合っていた。

しかし、こんな勝敗の見え透いた茶番でも付き合わされる方は面白いわけがない。

最初から後継者になる気のなかったメルセデスや、諦めていたマルギットにとっては下らない催しが終わった程度の感覚だが、ボリスはそうではなかった。

彼が感じているのは、屈辱だ。

それはそうだ。踏み台として招待され、そのまま皆の前で引き立て役として使われた。

これで怒らぬ方がどうかしている。恨まない方が難しい。

だからこそ、彼の暴走は必然であった。

「ふざ、けるなよ……」

ボリスは懐に手を入れ、紫色に輝く石を取り出した。

そしてそれを、地面へと叩きつける。

その奇行に周囲の貴族達やフェリックス、メルセデスすらもが、八つ当たりで何かを壊した、程度にしか認識しなかった。

「〝解凍〟！」

だが、ボリスの口から出た言葉にメルセデスが目を見開く。

解凍の宣言……それはダンジョンを解放する合図であった。

まさかボリスがダンジョンを攻略して、自分と同じように持ち歩いているのか、と考えるもすぐに自らの考えを否定する。違う、ボリスにそんな実力はない。

しかし砕けた石の中から天井にも届く巨躯の魔物が現れた事で、メルセデスはその『まさか』を真剣に考えなければならなかった。

〝解凍〟の呪文で魔物を出す事はメルセデスにも出来る。

ダンジョンを〝圧縮〟する際に、鍵の持ち主は自分で選んだ物を圧縮の対象外とする事が出来た。

その逆で、〝解凍〟する時にも一部を選んで……場合によっては出したい物以外のダンジョンの全てを解凍の対象外とする事で、選んだ魔物一体だけを解凍して呼び出すという芸当も不可能ではない。

(ツヴェルフ、あいつはダンジョンを持っているのか？)

『いいえ、マスター。あれはダンジョンの技術を流用して作られた使い捨てのアイテムです。名を封石といい、マナを保存する魔石の逆で、物質を封じて持ち歩く事が出来ます』

(私はあんな物を見た事がないが)

『はい。あれはダンジョンのみで生産出来るアイテムです。無論マスターもあれを作る事が出来ます』

(つまりダンジョン攻略者しか作れないアイテムであると……?)

『はい。しかし状況から考えて、ボリス自身が攻略者である可能性は極めて低いと考えられます。もしも彼自身がダンジョンを持っているならば、この場で大量の魔物を出すくらいはしたでしょう』

ツヴェルフと小声で会話し、ボリスが使ったあの石が攻略者由来の物である事をメルセデスは知った。

ただし、ボリス自身がダンジョンを攻略して作り出した可能性は極めて低いとツヴェルフは言う。

ならば考えられる可能性は多くない。

たまたま他の攻略者が市場に流した封石をボリスが掴んだか。

それとも、意図的に攻略者がボリスにあれを渡したか。

しかし魔物側もなかなかの強さであり、兵士達を軽く蹴散らしている。

ホールは突然の魔物の出現に騒然となり、場を鎮圧する為に兵士達が魔物へと挑んでいた。

実力もさることながら、その見た目も威圧的だ。

身長は三メートルを超え、全身は黒で統一されている。

二足歩行の人に近いシルエットの魔物であり、体毛はない。

理性を感じさせない目は真紅。鬼を思わせる強面に、口から見える鋭い牙。

頭部には角が生えており、背中には蝙蝠のような翼が付いている。

悪魔、と形容するのが最も相応しい姿だ。

『ベーゼデーモン。ダンジョンの最下層に配置される事が多い魔物です。その戦闘力はアシュラオーガとも戦えるレベルです』

ツヴェルフの説明を受けながらメルセデスは、自身の母とマルギット、更にモニカをいつでも庇《かば》えるように気を払う。

貴族達は浮き足立っているが、流石に強さが名誉に直結する吸血鬼だ。混乱して出口に殺到するような愚行には誰一人として走っていない。

突然の魔物の出現にざわめきながらも、冷静さを残して状況の把握に努めている。

「ボリス、やめさせろ！　ここをどこと思っている⁉」

「知った事かよ。もう俺達はグリューネヴァルトじゃなくなる。無いも同然の手切れ金《はしたがね》を渡されて放逐されるんだ……お前の望みどおりにな。だったらもう後の事なんか知るかよ。お前だけは道連れにしてやるぜ！」

メルセデスが状況の観察に努めている間にも、場は混沌と化していく。

フェリックスはやり方を間違えた。彼はボリスを追い詰めすぎたのだ。

彼の打った手は決して、この社会において珍しいものでもなければ外道と呼ぶようなものでもない。己の地位を安定させる為に自己のアピールと、他の兄弟への力の誇示を同時に行う。それはどこの家でもある事だ。

むしろメルセデスが以前に評したように、暗殺などの手に出ないだけ彼は幾分かマシとすら言えるだろう。

だがそれで踏み台にされた側が納得するかはまた別問題。結論を言えば納得するはずがない。ボリスの立場で見れば、都合のいい当て馬にされた挙句、この後に放逐される未来が見えているのだ。

そしてその原因が余裕の笑みで紳士面をしている。

気に入らないだろう、気に入るわけがない。

腹が立つのがごく自然の感情であるし、一矢くらいは報いたいと思って誰がそれを責められよう。

もっとも、普通ならばそこで終わりだ。

気に入らない、許せない、納得できない、一矢報いたい……いくらそう思おうと、現実にそれが出来るはずもなく、諦めるしかなくなる。

だがどういうわけかボリスの手の中にはその手段があり、そして後先を考えないほどに追い詰められてしまったが故にそれを使ってしまった。

これは偶然と、そしてフェリックスの浅慮さが招いた有り得ざる出来事であった。

そしてフェリックスはこの状況を招いてしまった責任から、逃げる事は出来ない。

もしここで我先にと逃げ出してしまえば、この場は生き残れても信用が地に墜ちるのは明らかだ。

何より敵前逃亡を父が許すはずがない。

故に彼は意を決して、暴れまわるベーゼデーモンへと挑みかかる。

その姿を、父であるはずのベルンハルトは冷ややかな瞳で静観していた。

第二十一話　ベーゼデーモン

フェリックス、及び警備の兵士達とベーゼデーモンの戦いは終始ベーゼデーモンが優勢であった。

フェリックス達の攻撃は大してダメージにならず、多少傷を与えても時間が経てばすぐに再生されてしまう。

対し、ベーゼデーモンの攻撃は一撃でも当たれば鎧ごと砕かれ、既に五体満足で立っている者は一人もいない。

全員が腕ないし足をへし折られており、片腕を失っている者すらいた。

フェリックスも例外ではなく、片腕がもう動かないようだ。

「はあッ！」

己を奮い立たせるようにフェリックスが剣を薙ぐが、呆気なくベーゼデーモンの強靭《きょうじん》な腕に阻まれる。

そのままベーゼデーモンが繰り出した反撃の爪を避けるも、完全には回避出来なかったのか肩を深く切り裂かれてしまった。

だが彼の奮闘は無駄ではない。彼がこうして時間を稼いでいる間に、招待された貴族達は避難を済ませる事が出来たのだから。

今、場に残っているのはベーゼデーモンとフェリックス、警備の兵士が五人。既に敗れて床に伏している兵士が七人。

ベーゼデーモンを呼び出したボリスと、未だ倒れているゴットフリート。

そして腕を組んで戦闘を観察しているメルセデスと、娘が何故か逃げない為、一緒に残ってしまった母、リューディア。

更に妹の二人、マルギットとモニカ、そしてその母達もまだ残っている。

マルギットの母は病弱故に逃げ遅れ、マルギットはそんな母を捨てて逃げる事が出来ない。

モニカは……何なのだろう？　何故か彼女は期待するようにメルセデスを見ており、逃げようともしない。

メルセデスの近くにはトライヌも来ているが、彼はメルセデスの実力を知る故にここが一番安全だと判断したのだろう。抜け目がない男である。

そして以前と比べると大分健康的で、そして丸々と太っていた。

どうやら稼いだ金で随分豪遊していたらしい。

最後に、メルセデスと同じく腕組みをして戦闘を静観しているベルンハルト。

つまり、兵士とトライヌを除けばグリューネヴァルト家に連なる者だけが残っている事になる。

メルセデスがここに残っている理由は、単なる観戦である。もっと言うならばベーゼデーモンの強さを初期のベンケイと同程度と仮定し、フェリックスの戦いを見て自分以外の吸血鬼の強さを正確に測ろうとしているのだ。

今までメルセデスは比較対象というものに恵まれなかった。

それ故に、自分は多分強い部類だと分かっても、その差がどれほどのものなのかを正しく把握出来ていない。

なので、ここでフェリックスの戦闘を見て他者と自分の差を測ろうとしているのだ。

要するに、彼女はフェリックスを強さを測る物差しとして使っていた。

「トライヌ。一つ聞きたいが、お前の目から見てフェリックスは強い方か？」

「え？　ええ、そうですね……私はあまり戦闘には詳しくありませんが、あの身のこなしは以前私が雇ったBランクのシーカーに匹敵していいます」

メルセデスはトライヌから聞いた話を元に、自分とフェリックスの差を計算する。

そうしている間にも兵士の数は減り、とうとうフェリックス一人だけになってしまった。

そんな状態になってもベルンハルトが助けに入る素振りはない。

まさか自分の後継者を見殺しにする気か？　とメルセデスが訝《いぶか》しむようにベルンハルトを見る。

すると、視線に気付いたのかベルンハルトもメルセデスへと目を向ける。

……冷たい目であった。まるで自分以外の何も信用していないような、情をまるで感じない目だ。

そして酷く不愉快であった。まるで鏡を見ているような、嫌な気分にさせられる。

メルセデスの人格の大半は前世から引き継いだものだ。

だが、前世から他人と違ったといえど、ここまで冷めていたわけではなかった……と、思う。

少なくとも、血が沢山出るような場に出くわしたならば動揺くらいはしたはずだ。

だが今はそれすらなく、この父の血による影響は確かにあるのだと自覚せざるを得なかった。

「いいぞ！　そのままそいつの気取った面を潰してやれ！」

ボリスは勝ち誇り、ベーゼデーモンへと命令を下す。

だがベーゼデーモンはその声に動きを止め、不快そうにボリスを見た。

そしてボリスへと無造作に近づき、彼の首を掴み上げる。

「がっ……!?　な、何を!?」

「弱者が！　うぬ如きが俺に命令するでないわ！」

あ、喋った。

メルセデスはそんな呑気な事を考えながら、ボリスに呆れていた。

何とあの男、自分で呼び出した魔物の制御が出来ていない。

そのままベーゼデーモンはボリスを壁へと投げつけ、気絶させてしまった。

そしてベーゼデーモンは再びフェリックスへと向かって歩き始める。

「何をしているのあなた！　早くフェリックスを助けてください！」

不意に、今までいなかった誰かの声が出口から聞こえた。

そちらに目を向ければ、桃色の髪の女性がベルンハルトへ向かって走っている。

年齢は二十代前半……無論吸血鬼なので外見年齢は全く当てにならない。

ベルンハルトにああして気安く話しかけている以上、単なるそこらの貴族でない事だけは確かだ。

「母上、ここは危険です！　お逃げください！」

フェリックスが女性に向けて叫んだ事で彼女の正体が判明した。

なるほど、フェリックスの母……つまりは本妻か。それならばベルンハルトへの態度も納得出来る。

だがここでメルセデスは一つの疑問を感じた。

フェリックスの髪の色は金。ベルンハルトは青。そしてフェリックスの母は桃色。

両親のどちらも金髪ではない。

ならばフェリックスの金髪はどこから出てきたのだろう。祖父あたりの血だろうか？

（……まさか、な）

一瞬、もしかしてフェリックスはベルンハルトの子ではないのでは？　と思ったがメルセデスはすぐにその考えを消した。

会ったばかりの女性の不貞を疑うのはよくない事だ。

きっとフェリックスの髪は祖父か祖母の血なのだ。そうに決まっている。

そんなどうでもいい事を考えていると、メルセデスの袖をクイクイとマルギットが引いた。

「ん？」

「あの、そのね、お姉ちゃん。お兄ちゃんの事、助けてあげて……？」

「…………」

マルギットはきっと、状況を正しく理解出来ていないのだろう。

フェリックスが自分達を踏み台に地位を固めようとしていた事……即ち、自分達がこの後捨てられていた可能性が高いという事にも考えが及んではいまい。

しかし、そんな幼く無垢な少女の訴えだからこそメルセデスには響いた。

打算も何もない、ただ純粋に助けたいという想いはメルセデスにはないものだ。

だからメルセデスはマルギットの頭を軽く撫で、微笑んだ。

「お前はいい子だな」

打算で行動した者が、その打算故に失敗して破滅するのはメルセデスにとって決して心を動かすものではない。失敗も成功も全てその者の自己責任だ。

こちらに火の粉が降りかからぬ限り、至極どうでもいい。

仮に目の前でフェリックスが死んでも、彼女にとってそれは少し後味のよくない出来事というだけで終わり、少しすれば過去の出来事として脳内で処理されてしまうだろう。

しかし、幼い少女の無垢な願いを無視するのは流石に心が痛むだろう。

メルセデスは上着のポケットに手を突っ込み、何ら気負いを見せずにベーゼデーモンへと近づいた。

フェリックスは既に立つ事も出来ない有様であり、まさに止めを刺される寸前といったところだ。

「おい、黒いの。そこらでもういいだろう、お前の勝ちだ」

戦闘の最中にかけられた声に、ベーゼデーモンの顔が動く。

だが声の主が少女だと知ると、若干馬鹿にしたような雰囲気となった。

「小娘か。下がっておれ、戦いとは命のやりとりだ……殺さぬ限り終わりではない。女子には分からぬ世界よ……立ち入るでないわ。あそこの女共を連れ、早々に去《い》ね。特にマルギット《あの》の母《女》は顔色も悪い。栄養のつくものを食べさせ、休養させるといい」

あれ？　こいつ案外いい奴じゃね？　とメルセデスは思った。

どうやら彼は彼なりの戦いの美学があるらしく、女に手を出す気はないらしい。

たとえ魔物でも、こういう矜持《きょうじ》を持つ者は好感が持てる。

普段ならばここで、ならお言葉に甘えて……と言うところなのだが、しかし今のメルセデスは妹の願いを受けて動いている。なので退いてやるわけにはいかない。

「聞けんな。力で退かしてみろ」

「小娘……女だからと攻撃されぬと思っているならば、それは思い違いだぞ」

「御託はいい。来い」

「……愚か者が」

ベーゼデーモンの額《ひたい》に血管が浮き、豪腕がメルセデスへと振り下ろされる。

だがメルセデスはポケットから左腕を出し、易々とベーゼデーモンの腕を受け止めた。

彼女の立っている床に蜘蛛《くも》の巣状の罅が入り、しかしベーゼデーモンの腕はそれ以上下がる事はない。

いくら力もうと、血管が浮き出るほどに力を込めようと、少女の細い手に掴まれた腕が全く微動だにしないのだ。

「ぬ、う⁉」

メルセデスはそのまま左手に力を込め、強くベーゼデーモンの腕を握る。

するとベーゼデーモンの腕が圧力に負けて軋み、掴まれている部分から血が噴き出した。

メルセデスの指が肉を突き破り、深々と突き刺さっているのだ。

そのままメルセデスは片手の力だけでベーゼデーモンを持ち上げ、マルギット達とは逆方向へと投げ飛ばす。

調度品や椅子、テーブルを巻き込んでベーゼデーモンが吹き飛び、壁にぶつかったところでようやく停止した。

その有り得ない光景にフェリックスは唖然とし、彼の母やモニカ、マルギットの母も同じく呆然としていた。

「す、すっごい……やっぱりお姉ちゃん、強い……」

マルギットはただ、既に知っていた姉の常識外の強さに驚くばかりだ。

自分で彼女に助けを求めたとはいえ、ここまで圧倒的だと改めて驚くしかない。

「素敵……」

モニカは何故か顔を赤らめ、自らの頬を押さえて恍惚《こうこつ》としている。

一瞬、メルセデスの背に何か薄ら寒いものが走った。

「…………素晴らしい」

そしてベルンハルトがここにきてようやく表情を変え、口の端を吊り上げた。

もっとも、彼の賞賛は小声すぎてメルセデスの耳には届いていない。

彼等の見ている前でメルセデスはポケットに手を入れたままベーゼデーモンへと近づき、倒れている彼の前で止まった。

「ぬ、ぬうう……！」

「……」

感情を感じさせない冷たい目で自らを見下ろすメルセデスに、ベーゼデーモンは言いようのない恐怖と威圧感を感じた。

だがすぐに立ち上がり、メルセデスへと拳を振るう。

その瞬間、メルセデスは素早く魔法の行使へと移っていた。

敵の拳に引力をセット。それと同時にポケットの中の左拳を斥力で加速させつつ抜拳。

抜いた手はそのまま、引力に引き寄せられてベーゼデーモンの拳へと自動的に向かい、受け止めた。

「なあっ……！　ま、また!?」

（ふむ、考案中の自動防御だが、案外これはいけるかもな。現状では、上手く打点を逸らせないのがネックか。まだまだ改良の余地あり、と）

考えながらも、今度は右の拳を抜拳。

同時に敵の顔面に引力をセットし、決して外さない自動攻撃を成立させる。

ベーゼデーモンも咄嗟に顔を動かして避けようとするが、メルセデスの腕はそれを追跡して蛇のようにうねり、彼の顔面を捕らえた。

腕力＋引力＋抜拳の加速。一見軽く見えるこの攻撃だが、そこに秘めた威力は想像を絶する。

まだ名前も決めていない居合の拳は一撃でベーゼデーモンの意識を刈り取り、その巨体を沈めていた。

第二十二話　歪な親子

魔法の発動時に手などで指向性を与えずとも発動が出来るとメルセデスが気付いたのは修練で自らに重力をかけている時であった。

魔法というのは通常、手などから発するイメージがある。メルセデスもそれは例外ではなく、前世で見たフィクションなどの影響から自然と手などから指向性を与えて発する物であると誤認していた。

だがそうでないと自身が魔法を習得して初めて気が付いた。

魔法の発動に必ずしも手を翳す必要性はない。その方が発動し易く、魔力を練り上げる事が出来るのは事実だ。

より強く魔力を集積し、威力を高める事が出来るのも確かだ。

だが魔法を発動するだけならば手は要らない。目で見るだけで……否、念じるだけでも狙った場所に魔法を発動させる事は出来る。

そして、今使用した居合の拳もそれを応用した技術の一つだ。

目だけで指定した場所に微弱な引力を発生させ、自らの腕を引き寄せる事で自動防御、及び自動攻撃を成立させた。

さらに抜拳の際にポケットの中で斥力を形成し、拳を反発させる事で加速させる。

今はまだ未完成で安定性に欠ける故に名前を付けていないが、完成すれば強力な武器となるだろう。そうメルセデスは確信していた。

未完成の居合拳でベーゼデーモンを沈めたメルセデスは、彼に止めを刺さずに連れていく事にした。

ボリスだけではどう考えてもこの魔物を連れてくる事など出来ない。

あの封石の出所も気になったメルセデスは、とりあえず彼から情報を絞ろうと考えたのだ。

気絶しているベーゼデーモンを掴み、そのまま引き摺って歩く。

本当はダンジョンに封じてしまえば一番簡単なのだが、人目のある所では流石に控えておくべきだろう。

「ま、待ってくれ。君は一体……」

フェリックスがメルセデスを呼び止めるが、メルセデスはそれを一瞥《いちべつ》しただけで横を通り過ぎた。

一体何者だ、とでも問いたかったのだろうがそれは答えに困る問いだ。

何者だと言われても答えようがない。単なる側室の子で、フェリックスの腹違いの妹で、そしてこれからはグリューネヴァルトではなくなる者。全てフェリックスも知っているだろう既出の情報だ。

「さて、パーティーは終わりと考えていいでしょう。私達も帰りましょうか、母様」

「そうねえ、と言いたいんだけど……どうもあのファッキン……じゃなくて、お父様が何か貴方に用があるらしいわよ」

メルセデスとしてはここにもう用はないので早々に帰りたいのだが、リューディアに言われて後ろを振り返るとベルンハルトがこちらに歩いてきているのが見えた。

彼はそのまま傷を負っているフェリックス《我が子》を一瞥すらせずに横切り、メルセデスの前に立つ。

「何か御用ですか？　グリューネヴァルト卿」

メルセデスは実の父に対し、あえて露骨なまでの他人行儀な呼び方をした。

自分は本妻ではなく側室の子であり、今となっては母と共にいつでもこの都市を出ていけるので今すぐにグリューネヴァルトの名を剥奪されて追放されても全く困らない。

今までに固めた地盤がある故に媚《こび》を売る必要もない。

何より、今更になって初めて会った男を父と呼ぶ気になどなれない。

それらの事から、メルセデスは意図的に壁を作ったのだ。

今日初めて会った父は、改めて見ると確かに自分の父なのだろうと強く再確認出来る。

青い長髪。美形というよりは野生の獣を思わせる厳つい顔立ち。飢えた猛禽《もうきん》類のような黄金の眼。

顔立ちは母側の遺伝子が仕事をしてくれたらしく全然似ていないが、髪と眼の色が完全に一致している。

更に両者の纏う空気が酷似している事にも周りの者達は気が付いた。

「メルセデス……だったな。見事な戦いだったぞ、我が子よ」

メルセデスは父の発言に眉をひそめた。

どういうつもりだ？　今更になって我が子呼びなどと……。

いや、それ自体はおかしな事ではない。長年放置されていようと、メルセデスが彼の子である事実は変わらず、そう呼ぶ権利が彼にはある。

しかし今になって突然そう言いだす事にメルセデスは不気味さだけを感じていた。

「宝石というものは思わぬところから出てくるものだ。血筋を厳選し、徹底した教育を施したはずのフェリックスのあまりの不出来さに辟易《へきえき》していた。もう一度子を生し、後継者に相応しい者が現れるまで待つべきかとも考えていた。いやはや、側室の子と思って侮るものではなかったな。もっと早くに気付くべきであった。こんなところに、望んだ我が子がいようとは」

その言葉は、明らかにおかしなものであった。

それはまるでメルセデス以外を子とは思っていないような口調であった。

まるで、メルセデスだけが自分の子であるかのような語りであった。

フェリックスすらも含めて、他の子供達を完全に無視しているような……異常さを感じさせる言葉だった。

「後継ぎはフェリックス……兄上だったと記憶していますが。私などを気にしている暇があるなら、兄上の心配をするべきでは？」

「いいや、違う。お前に兄などいない。真にお前の兄ならば……我が子ならば、あそこまで無様であるものか。アレは我が子と呼ぶにはあまりに血が薄すぎる」

ベルンハルトはフェリックスやボリスを一瞥し、軽蔑しきった目を向けた。

それは明らかに父が我が子に向けるものではなく、本妻であるはずの女性すら含めて何の情も抱いていないと確信させるに十分なものだ。

優れていないから我が子ではない。無様だから自分の血を引いていない。彼はそう語っているのだ。

その歪さにメルセデスを除く全員が絶句する中、彼の語りは続いた。

「血筋を重んじた。私には劣るなれど、貴なる血筋の女であれば我が血を色濃く残す子を生せるかと期待した。しかし生まれた子は驚くほどに私の血を全く継いでおらず、いくら金を投じて教育しようと私に近づかん。私は失望した……もう一度、母体を厳選して初めからやり直す事も考えた」

（こいつ……本人の前でぬけぬけと）

言葉をまるで選ばぬ父に、メルセデスは若干の不快感を感じた。

フェリックスもその母も、メルセデスにとっては他人だ。

他人が誰にどう言われようと、それで心を動かすほどメルセデスは慈悲深くはない。

例えば家の外で見知らぬ誰かが見知らぬ誰かに罵詈雑言を浴びせられているとして、それで何かを感じるだろうか。

精々が、酷い事を言うな、可哀想だな、と思う程度だろう。心からの怒りや哀れみなど抱きはすまい。

もしも見知らぬ他人の為に本気で怒り、泣けるならばその者はきっと善人なのだろうが、メルセデスは違う。

しかしそんな彼女でも、ベルンハルトにこうまで言われた本妻とフェリックスの事は哀れむ他なかった。

「だが、この無意味としか思えなかった宴にて私は見つけたぞ。最も色濃く私の血を継ぐ、私と同じ存在を。ああ、私は今歓喜している。子を持つ親の喜びとはこういうものか。初めて会えたな……我が子よ」

「……今まで共に過ごしてきた妻や、子への愛はないのですか？」

「これは不思議な事を言う。お前自身が分からぬものを、私に問うのかね？」

ベルンハルトの言葉にメルセデスは息を呑んだ。

それは咄嗟に反論の言葉が思い浮かばぬほどに図星だったからだ。

メルセデスは愛というものを知らない。そういうものがある事は知っているが、その感情を抱いた事は一度もない。

前世から……そして転生してからはより一層、心が薄くなってしまった事を自覚している。

この世に生んでくれた母には感謝している。こんな自分を育ててくれた事への恩義を感じている。

彼女の娘として母に報いたいという義理を感じている。娘として母をこの生活から逃したいという責任感を感じている。

だがメルセデスが母への愛を感じた事は一度もない。

世話役の老婆にも感謝している。恩に報いたいと思っている。

だが彼女にも愛を感じた事はない。

マルギットの事は可愛い妹だと思っている。

不幸にはなってほしくないし、幸せになってほしいとも思っている。

だから手を貸したし、独り立ち出来るように協力もしている。

だがそれは、見捨てれば自分が後味の悪い思いをするからやっている事だ。

妹を見捨てる外道になりたくないから助けた。自分にも情があると思いたいから、情がある振りをして手を差し伸べた。

そこに愛や情など、本当はない。

前世から、何かが他人と違っていた。

大事だと思える何かと出会えなかった。

何をしても心から楽しいと思えなかった。

決して楽しめないわけではないのだ。少しくらいはそういう感情もあるし、心のゆとりを保つ為にそういう娯楽が必要だという事も知っている。

だがそれでも、他人と比べてメルセデスは何かを楽しむ事が出来ず、楽しめないのだから利の多い方を優先してしまう。

メルセデスは努力をする才能があるわけではない。

物事を楽しむ才能がないのだ。

メルセデス・グリューネヴァルトは人として大切な何かが生まれながらに……否、生まれる《前世》前からずっと欠けている。

彼女は決して満月にはなれない、歪な欠けた月だ。

「同じだ、私達は。情などという不確かな弱いものを持たぬ強者なのだ。お前の目を見た時から思っていたよ。ああ、初めて私は私と同じ心を持つ理解者に会えたのだと」

メルセデスは無言であったが、しかし胸中では賛同していた。

確かに、メルセデスもまたベルンハルトを見た時に鏡を見たような錯覚に陥ったからだ。

この男は自分の同類なのだと、本能で理解してしまった。

嫌な事だが、元々似ていた上に血まで継いでしまったせいだろう。

認める他ないほどに、メルセデスとベルンハルトは親子であった。

「これからは共に暮らそう、我が子よ。お前こそが私の求めた、私の後継者だ」

「そのように突然手の平を返されて、私がそれに応じるとでも？　今の今まで父に放置されていた子が反発しないと何故思うのかが不思議ですが」

「言っただろう、お前は私と同じだと。お前は私に反抗心など本当は抱いていない。抱いている振りをしているだけだ。何故ならお前は最初から親の愛など求めていない。求めていないのだから、与えられなかった事への怒りなどあるはずがない。そしてお前は必ず私の手を取る。何故ならこの手を取るメリットと、取らぬ事によるデメリットのみで物事を考えているからだ。そこに感情などというものをお前は挟まない。お前は最後には必ず『利』を選ぶ」

……これも、図星であった。

メルセデスは確かに父への怒りなど全く感じていない。

何故なら彼の言うように、愛など最初から求めていなかったから。

だからメルセデスは今までずっと、父の事を他人と同程度にしか思っていなかった。怒りも不満もなかった。

更に彼の言うとおり、メルセデスが今考えているのは、この手を取る事によるメリットと、取らぬ事によるデメリットだ。

その二つを秤《はかり》に載せ、下手にここで反発して逃げて、それで動きにくくなるよりも、開き直ってこの父を利用した方が遥かに得であると結論を出してしまっている。

グリューネヴァルトの名は利用出来る。

これがあれば、今まで受ける事の出来なかった正規の教育や訓練を受けて基礎を固める事が可能だ。

更に貴族しか入手出来ない多くの本や知識を取り込む事が可能になる。

父に人生を狂わされた母を哀れだとは思っている。ああ可哀想だなと思う。

報われてほしいし、こんな不憫な境遇から脱却してほしいと思う気持ちに嘘はない。

マルギットも、他の兄弟達も皆被害者で父が加害者だ。分かっている。だがそこに怒りはない。

そもそもここで怒りを覚えて何か得をするのか？

一時の感情に身を任せて自ら不利になり、何も得ず、得るはずの利を失うのは愚かな事ではないか。

先の結果を考えて自分に有利なように動く。それは間違えていないはずだ、正しいはずだ。

この判断に何ら誤りなどないはずだ。何故ならこの方が絶対に有利に働くのだから。

敵を無理に作るより、この男を利用する。あえてこの誘いに乗る事で母や妹への待遇の改善を引き出す。その方が絶対に正しい。

………正しい、はずだ……。

「……なるほど、貴方の言うとおりだ、父上。確かに私は貴方の娘らしい。嫌になるくらいに思考が似通っている。本当はすぐにでもこの都市を出ていく気だったのですが……私もまだ幼い。もう少しこの都市に腰を落ち着けて研鑽に励む方が結果的にはよい未来を手繰り寄せるでしょう。ああ、認めましょう。貴方の提案は私にとって渡りに船だ。貴方を利用させていただきますよ、父上」

メルセデスのその言葉にベルンハルト以外の者がぎょっとした。

口調こそ丁寧なままだが、メルセデスはここにきて完全に猫を被るのを止め、堂々と父に利用すると言ってのけたのだ。

だがこれにベルンハルトは気分を害した様子はなく、むしろ愉快そうに笑みを深くした。

「それでこそ我が子だ」

歪んだ父の差し出した手を、歪んだ娘が取った。

互いに相手への愛などない。一片もない。ただ、冷たい同調があるだけだ。

その異様な在り方を見てフェリックスは心底思う。

――この二人は普通じゃない。

第二十三話　騒動終わって

父、ベルンハルトとの邂逅以降、メルセデスの生活は一変した。

今まで暮らしていた家を離れて本邸に移動し、専用の部屋を与えられてそこで暮らす事になったのだ。

メルセデスの目的は自らに足りないものを埋める事だ。

具体的には独学ではどうしても限界があった魔法、武術、その他諸々の『基礎』である。

今までは独学とメルセデス自身のセンスによって上手くやってこられたが、この先も上手くいくとは限らない。

また、いつかは出ていく都市だがここの外がどうなっているかも未知数で、やはり知識がない。

その状態で出ていってもまあ、ダンジョンがあるし何とかなるだろうとは思っている。

ツヴェルフという頼りになるアドバイザーもいる。

だが、それでもやはり知っているのと知らないのは違う。

更に、自分だけならば出ていくのは容易いが、問題はマルギットや婆やだ。

とても長旅に耐えられるとは思えないし、マルギットの母に至っては途中でリタイアしてしまうだろう。

かといって放っておけばベルンハルトが何をするか分からない。

ならばここは反発するよりも、あえてベルンハルトの懐に入る事で奴の後ろ盾を得て譲歩を引き出し、搾り取れるだけ搾り取った方がいい。

アレは味方ではないが、自分に価値を見出している間は決して敵にならない。そういうタイプだ。

同じような性格だからこそ、それがよく分かる。

無論ベルンハルトもそんなメルセデスの考えなど見抜いている。

だがそれでも、利があるうちは敵にならないのだ。

利用されている事が分かっていても、利用される事で得られるものの方が大きいのだから、あえて使われつつ利用するくらいは平気でやってみせる。

そしてメルセデスも、ベルンハルトにいいように飼われる事を承知の上で、しかしそれで得られる利があるのだから飼われつつ利用してみせる。

飼われる事を承知の上で父を利用する。

利用される事を承知の上で娘を飼う。

二人の利害は嫌な形で一致しており、だからこそ表面上は和解が成立しているように見えた。

ただしメルセデスは最終的に出ていく気であり、これは裏切り前提の計画である。

首輪は付けられてやるが、全ての条件が整って利用価値がなくなれば首輪ごと父を捨てる。

最初からメルセデスはベルンハルトを切り捨てる気で彼の懐に入ったのだ。

そしてこれも、ベルンハルトは分かっている。

それでも受け入れたのは、いつかそうなっても抑える自信があればこそ。

出ていこうとする娘を捻じ伏せ、無理矢理グリューネヴァルトの名を背負わせる。

それが出来るという自負があればこそ、娘のやんちゃを認めるのだ。

そして万一娘が自分を超えたならば、それこそ本望。

それは求め続けた後継の完成を意味し、たとえ娘がグリューネヴァルトの名を捨てようとも、自分の血を継いでいる事は捨てられない。

自分の血はより優れた形で残る。ならばよし。超えて見せよ、出来るものなら。

つまりこれは――最初から決裂する事が大前提にある一時的な和睦！

娘はナイフを片手にいつか裏切りますよと宣言しながら父に駆け寄り、父はならば捻じ伏せようと言いながら娘を抱擁する。

どう考えても普通ではなかった。明らかに人として大事な何かが外れていた。

しかしそんな歪な二人だからこそ、和平が成立してからは表面上は、今までの軋轢《あつれき》は何だったのかと言いたくなるほどあっけなく手を取り合った。

この際メルセデスは自分が本邸に行く条件として母を含む他の側室への待遇の改善、及び他の兄弟が自立するまで支援する事をベルンハルトに要求したが、ベルンハルトは意外にも素直にこれに応じた。

これによりマルギットの生活は格段によくなり、彼女の母も少しずつ健康を取り戻している。

……というか健康を取り戻した理由は、あの後メルセデスの配下に加わったベーゼデーモンのせいだ。

あのベーゼデーモンは利用されただけで、彼自身が悪いわけではない。

なのでメルセデスは倒した者の特権としてベーゼデーモンを配下に加え、己の管理下に置いた。

そしてマルギット親子の護衛代わりにマルギットの家に置いたのだが、何故か料理上手だったらしく、ベーゼデーモンの作る料理によってマルギット母の体調が改善されつつあるのだ。

何故悪魔にそんなスキルがあるのかはメルセデスにも分からない。

リューディアは『娘がこっちに行くなら』と婆やと共に押しかけてきたのでメルセデスの隣の部屋を与えられ、時折贅沢を言ってベルンハルトを困らせていた。相変わらずいい性格をした母である。

そしてボリスは行方不明になった。どこに消えてしまったのかはメルセデスにも分からない。

ただしこれらの待遇改善はベルンハルトがメルセデスに価値を感じているからであり、もしも無価値と判断されればあっさり約束を反故にする可能性もある。血の契約をしていない以上、油断は出来ない。

ともかくこれで、他の兄弟に恩を売った形にはなるので、逆恨みなどを受ける可能性は低くなっただろう。

本邸は流石に広く、庭などを含めた総面積は東京ドーム一個分は優にあるだろう。坪に換算すれば一万五千坪といったところだ。

前世の日本では千坪もあれば豪邸という扱いだった事を思えば、いかに広いかが分かる。

もっとも、建物が密集していて土地そのものが不足している日本と、土地が余っているこの世界を同列に並べて例える事に意味はないかもしれないが。

ともかく広い。無意味なまでに広い。

離れがあり、書庫があり、大浴場まである。特に大浴場があるのはメルセデスにとっても嬉しい事であった。

この世界にも風呂がある事はあるが、何と一般市民の使う風呂は混浴である。

更に風呂に入ったまま物は食べるわ酒は飲むわ、踊るわ歌うわ、オマケに売春まで風呂でやっているわ、モラルが家出をしてしまったかのようなカオスぶりであった。

身体を清潔に保つ行為と娯楽とその他色々なものがごちゃ混ぜになってしまった、そんな混沌とした場所にメルセデスが足を運ぶはずがない。

なのでメルセデスは今まで身体を清める時は近くの山の中にある泉などを使い、冬場は冷たさに凍えそうになるのを我慢しながら清潔さを保っていた。

ダンジョンが手に入ってからは、改装してダンジョン内に風呂を作る事も考えた。

そんな彼女にとって、大浴場の存在は決して小さくない。

書庫も広く、何年かかっても読み切れないのではないかと思わせるほどの本がある。

そして何より大きいのは、魔法や格闘技、武器術などを学べる教育機関への入学が決まった事であった。

この世界の教育機関は貴族の子女や一部の裕福層のみが通えるエリートコースであり、大半の者はここに通う事が出来ない為に独学で学ぶしかない。

メルセデスも魔法や読み書きなどを独学で習得しているが、これを機に基礎を固め直すのは悪い事ではないだろう。

また、この屋敷に来る事でメルセデスの見聞もいくらか広がりを見せた。

これにより、いくつか分かった事がある。

まず一つ、この世界は割と年中戦争をしている。

まあ、地球でも中世時代はあちらこちらで戦争をしていたのだから不思議な事はない。

日本も徳川幕府が出来るまでは常にどこかが戦争をしているような状態だった。

今までメルセデスは自身が暮らす国を『吸血鬼の国』と呼んでいたが、これは全く正しい表現ではなかった。

この国は正式名称を『オルクス』といい、西方に位置する吸血鬼の大国だ。

そしてこの都市ブルートはオルクスで最も大きな都市であり、その規模は王都をも上回る。

この都市を含む広大な土地を統治しているのがグリューネヴァルト家だ。

しかしオルクスだけが吸血鬼の国というわけではなく、このテイルヘナ大陸には他にもいくつかの吸血鬼の国が存在し、統一される事なく互いに睨みを利かせている状態だ。

これはおかしな事ではない。かつて戦国時代においては、日本という狭い土地の中ですら尾張や越後といったいくつもの『国』があったのだ。

ならばそれよりも広大な面積を持つテイルヘナ大陸に数多の国が出来てしまうのは必然の事であった。

そして、これらの国は土地や食料を巡って戦争を続けているという。

このブルートは今のところ平和だが、それでも現在進行形で戦時中だったという事をメルセデスは知った。

更に一つ。ベルンハルトはメルセデスが思っていたほど薄情ではなかった。

メルセデスは当初、母の生活を見て貴族とは思えない暮らしぶりと思っていたし、冷遇されていると思っていた。

それは決して間違いではなく、本邸に住まわせてもらえない時点で冷遇されていたのは間違いないだろう。

だが、この世界に生きる大多数の生活を知ってしまえば、そう酷い生活でもなかったと分かったのだ。

このブルートは大都市であり、ここに住む者達は一般市民すらが裕福層に分類される。この都市での生活はこの国でのスタンダードではなかった。

ベルンハルトが治める領土の大半は貧しい村や小さな街で構成されており、農業で暮らしている者達の生活基準はこのブルートとは比較にならないほど低い。

それはそうだ。搾取《さくしゅ》される者がいてこその貴族である。全員が裕福では貴族は成り立たない。

そうした貧困層は力のない吸血鬼、あるいは血の薄い吸血鬼と比喩《ひゆ》され、『薄血』とも呼ばれている。

彼等の生活は常に苦しく、もしも主食である血液が何らかの理由で手に入らなくなってしまうと、ジャガイモだけで飢えを凌ぐ事になってしまう。

ジャガイモばかり食べる吸血鬼……夢が壊れそうなフレーズだ。

吸血鬼といえど、不死身からは程遠い。前世で見た漫画のように、バラバラにされようが平然と戻ってくる吸血鬼などこの世界にはいない。

首を刎ねられれば死ぬし、心臓を貫かれれば銀の武器や杭でなくとも死ぬ。飢えでも死ぬし、乾いても死ぬ。熱さでも寒さでも死ぬ。

この世界の吸血鬼は、ただ少し寿命が長くて生命力が強く、身体能力に優れて再生能力を持つだけの生物でしかない。

それを思えば、小さな屋敷とはいえ働かずに衣食住が保障されていたあの生活は、とりあえず最低ラインは満たしていた事になる。

無論ベルンハルトの財力ならばもっと裕福で贅沢な暮らしを送らせる事は出来ただろうから、冷遇していた事そのものに間違いはない。

だがこれを知ったことでメルセデスは少しだけベルンハルトを見直した。

彼は冷血であるが、最低限の義務だけはこなす男だ。そう思ったのだ。

だからこそ、使える。

やはりあの男の利用価値は高い。そうメルセデスは再認識した。

欠けた月のメルセデス

孤独な少女は家族の絵を描く

マルギット・グリューネヴァルトは、とある貴族の側室の子として生を受けた。

その貴族とはここら一帯を治める大貴族ベルンハルト・グリューネヴァルト公爵だ。

公爵の子なのだからさぞ贅沢をしているのだろうと思われそうだが、残念ながらそうではない。

マルギットの母は正室ではなく側室であり、加えて元々の身分が低かったせいであまりいい生活を送る事は出来ていなかった。

貴族の子といえど、跡継ぎ以外は僅かな手切れ金だけ渡されて放逐される事も珍しくない世の中である。

末端の側室の子など、父にしてみればいてもいなくても変わらない……政略結婚の道具くらいには使えるだろうが、現状グリューネヴァルト家にはそこまでして縁を結びたい相手がいない。

故に、マルギット母子は『要らないモノ』として、離れの屋敷で僅かな使用人と共に生活を送る事を強いられていた。

歩けばギシギシと音の鳴る屋敷で、毎日貴族とは思えない食事——硬いパンに茹《ゆ》でたジャガイモ、野菜屑《くず》と僅かな肉の切れ端が浮いたスープを食べて暮らす日々。

それがマルギットの暮らす世界であった。

「ごめんねマルギット……お母さんがちゃんと働ければねえ……」

そう言って謝るマルギットの母は身体が弱く、満足に仕事をする事も出来ない。

仕事が出来なければ金も増えず、貧乏暮らしから脱する術もない。

そして貧乏暮らしが続く限り健康状態もよくならず働けない。悪循環である。

そんな生活の中でマルギットが心の支えにしていたものは、一度も会った事のない兄や姉の存在であった。

自分にはお兄ちゃんとお姉ちゃんがいる。母からそう聞かされたマルギットは毎日のように、会った事もない兄や姉の姿を想像して、自分と仲良く暮らしている絵を描いていた。

お兄ちゃんはどんな人なんだろうか。お姉ちゃんはどんな姿なんだろうか。

家の近くの地面に木の枝などで何度も描くその絵は、描くたびに形が変わる。

マルギット自身や母、二人の世話をしてくれる召使いなどは変わらないが兄と姉は決まった姿がない。

当然だ。だって会った事がないのだから。

一度も会っていないのだから、どんな顔でどんな体格なのかも分からない。

だから想像で描かれるその姿は毎回違っていた。

だがある時、マルギットは本物の兄姉と会う機会に恵まれた。

それは彼女がいつものように外で絵を描いていた時の事……ふっと影が差したかと思った次の瞬間、頭の上から乱暴そうに声をかけられた。

「おい。お前がマルギット・グリューネヴァルトか？」

急に、しかも乱暴な言葉遣いで話しかけられてマルギットはビクリと震えた。

恐る恐る顔を上げれば、そこにいたのは見知らぬ赤髪の男の、こちらを見下すような顔であった。

他には木のように大きな男と、金髪縦ロールの少女の姿もある。

「う、うん、そうだけど……お兄さん達は？」

「お前と同じ、グリューネヴァルトの血に連なる者だ」

返ってきた言葉に、マルギットの顔がパァ、と明るくなった。

同じ血筋……つまり家族だ。

今まで想像の中でしか出会っていなかった存在が今、目の前にいる。

しかし初めて会えた兄からかけられた言葉は、期待していたものとはまるで違っていた。

「今から一月後、グリューネヴァルトの屋敷で本妻の子であるフェリックス・グリューネヴァルトの誕生生会がある。奴を蹴落とすのに協力しろ」

かけられた言葉は有無を言わさぬ協力要請……いや、命令だった。

一体何の事かサッパリ分からないマルギットに、兄は言う。

次の誕生会でフェリックスは、自分以外のグリューネヴァルトの子を蹴落とす為に自分達に招待状を出し、強さ比べという名目で大勢の前で恥をかかせる気だと。

だがそれを逆手に取って奴を打ち倒せば、自分達が表舞台に立ち、跡継ぎの座を奪うチャンスもやってくる。

吸血鬼の社会は実力主義だ。強さが物を言う。

だが正当な教育を受けた正室の子を相手に、何の教育も受けていない側室の子が勝つのは不可能だ。そこで、マルギットには吹き矢でフェリックスを奇襲する役目を与えるという。

要するに、危険な事だけマルギットにやらせて自分は美味しいところを取ろうとしているのである、この男は。

この策とも呼べない策は、もしも成功すればフェリックスに勝利した者としてボリスが栄光を掴み、マルギットは何も得ない。

万一バレれば当然ながら実行犯のマルギットが捕まってしまうが、この時ボリスはすっとぼける事が出来るのだ。

つまるところ彼はマルギットを捨て駒としてスカウトしに来たわけである。

「で、でも……それ悪い事だよ？　そんなの、よくないよ……」

「あァ？」

ボリスの狙いなどマルギットには分からない。

だがそれでも、不意打ちで勝利を掴もうなどという真似が悪い事だという事くらいは分かる。

だから怯えながらも、そんな事をやりたくないという意思表示をしたが……。

「うるせえな。黙って従えよ」

ボリスは低い声でそう言い、マルギットの近くにあった木を殴った。

すると木が大きく揺れ、拳の痕が付く。

次に断ればこれを顔に打ち込む……という脅しだ。

「ひう……」

「やれ。いいな？　安心しろよ、俺が無事にグリューネヴァルトの跡継ぎになれたら、お前にも甘い汁は吸わせてやる。親にもいい生活をさせてやりたいだろ？」

「……は……はい……」

暴力への恐怖と、母にいい生活をさせたいという願い。

その二つが、マルギットの首を縦に振らせた。

マルギットが従順になったのを見るとボリスは「最初からそう言えばいいんだよ」と吐き捨て、マルギットが頑張って描いた絵を踏みつけた。

「あ……」

「あん？　何だこりゃ？　変なもん地面に描きやがって」

ボリスは今、絵の存在に気付いたのだろう。

彼は煩わしそうに絵をグリグリと踏み消し、そのままマルギットを振り返りもせずに歩いていった。

ずっと会いたいと思っていた家族……だが、その日出会った兄はマルギットの空想と違い、ただ最低なだけの男でしかなかった。

最低な兄との出会いに落ち込むマルギットであったが、そんな彼女に声をかけたのは姉……金髪縦ロールが特徴的なモニカ・グリューネヴァルトであった。

彼女はマルギットと違い服装も貴族らしい豪華なもので、最初の生まれからして違うのだと一目で理解出来てしまう。

兄二人（ボリスと……後、もう一人大きいのがいたが、名前は分からない）が帰った後も彼女は残り、踏み潰された絵を前に半べそをかくマルギットを叱咤《しった》した。

「ちょっと貴方。いいように言われて情けないわね……少しは言い返しなさいな。いいこと？　吸血鬼の社会は実力主義よ。舐《な》められたら舐められただけ踏みつけられると心得なさい」

「だ、だって……」

「今の貴方のままでは行く着く先は負け犬ですわ！　貴方も貴族の一員ならば少しは言い返してやろうという気概を見せなさいな。そんな座り込んでみっともない。情けないですわよ」

モニカのその言葉は、厳しいが吸血鬼社会の真理であった。

吸血鬼とは文明人の皮を被った蛮族だ。どれだけ気取っていようと根底にあるのは力への信奉である。

故に強い者はカリスマ性を持ち、自然と上に行く。逆に弱い者は落ちるだけだ。

こいつは弱者だと思われてしまえば、吸血鬼の社会では生きていけない。

だからこそモニカは厳しいながらもマルギットを心配して、強く当たったのだ。

しかし強く当たって効果があるのは、相手に『なにくそ』と反発するだけの強さがあればこその話。残念ながらマルギットにはそれすらなかった。

とうとうボロボロと泣き出してしまったマルギットを見てモニカも、自分が対応を間違えたと悟ったのだろう。

バツが悪そうな顔をし、それから何かを出してマルギットに差し出した。

「これ、あげますわ。……ったく、これじゃ私《わたくし》が弱い者苛めをしてるみたいじゃないの……」

モニカが差し出してきたそれは、紙に包まれた黒い板であった。

何なのか分からずにポカンとしているマルギットの前でモニカは黒い板を割り、大きい方を食べてみせる。どうやら食べ物だったらしい。

「チョコレートといいます。最近都で流行している、お金持ちしか買えない高級なお菓子ですわ。貴方にも分けて差し上げます」

マルギットはおずおずとお菓子に手を伸ばし、それからモニカを見る。

本当にそんなものを貰っていいのか分からないのだ。

モニカはそれに、強く頷いて早く食べるように促した。

意を決してマルギットが黒い板に噛み付くと、少しの苦みと今まで感じた事がないような甘さが口の中に広がる。

「ふわあ……何これ……」

最初は恐る恐るといった感じで食べていたマルギットだったが、一度その甘味を知れば後は衝動のままにかぶりつくだけだ。

マルギットは一応貴族の末席だが、貴族用のお菓子など食べた事がない。甘い物など、たまに出てくる果物くらいしか知らない。

そんな彼女にとってそれは、今まで食べた中で一番の御馳走であった。

「いいこと？　ええと……マルギットでしたわね。吸血鬼の世界は強さこそが全てです。強くおなりなさい……あんな下衆にいいように使われないくらいに」

モニカはそう発破をかけ、そして優雅に立ち去っていく。

その背中を見ながらマルギットは、少しだけ心が軽くなったのを感じていた。

◆

とはいえ、強くなりなさいと言われてすぐに強くなれるならば苦労はない。

兄姉との初めての遭遇を果たした次の日、マルギットはボリスに連れられて小さな屋敷の前を訪れていた。

この屋敷にも自分達と同じようなグリューネヴァルトの血に連なる者がいて、ボリスが言うにはマルギットと同じくらいに貧乏な……身分の低い側室の子だという。

ボリスは、その子も引きずり込んでマルギットと同じように汚い事をやらせる気なのだろう。

そう思うと、まだ見ぬ姉への同情心が沸き上がった。

——だが、そんな気持ちは姉を実際に見て、すぐに吹き飛んでしまった。

違ったのだ、全然。

マルギットと同じような環境にいながら、彼女はマルギットとまるで違った。

堂々とした立ち振る舞い。シーカー用の立派な装備。そして後ろには六本腕の巨人と巨大な狼を引き連れ、ボリスを見ても全く怯える素振りがなかった。

ボリスの要求も全く興味がなさそうに撥ね除け、彼の脅しに対しては『手本』を示して逆にボリスを黙らせた。

メルセデス・グリューネヴァルト……それが、彼女の名だ。

マルギットと同じような環境にいたはずなのに、腐らず邁進する強さの持ち主。その姿にマルギットは、『強い』というのが何なのかを見た気がした。

彼女から見れば自分達は纏めて弱者なのだ。群れなければ何も出来ない……いや、群れても何も為せない塵芥《ちりあくた》。

だからメルセデスはボリスの横暴な態度に怒りすらしない。

メルセデスにとってのボリスとは、いちいち怒る価値もない虫ケラでしかないからだ。

同じような環境で育ったはずなのに、全く違う存在……メルセデスをマルギットは羨望の眼差しで見つめる。

すると目が合ってしまい、メルセデスに手を引かれた。

「来い」

有無を言わさず連れ出され、それからマルギットはメルセデスに色々な事を教わった。

ボリスはどうせ失敗するから縁を切るべきだという事。ああいう輩に付け込まれない為にも自分で稼ぐ方法を見付ける事。

マルギットが得意な絵は十分仕事に使えるという事。

そして文字を読み書き出来れば、それだけで稼げるという事も。

マルギットはそれから、メルセデスと一緒にダンジョンに潜って魔物を写生したり、文字の読み書きを教わったりして多少生活が改善し……その一月後には例の誕生会でメルセデスが力を見せ付けてグリューネヴァルト本邸での生活を勝ち取った上にマルギット達まで住まわせてくれた。

モニカの言葉は正しかった。強ければ上に行く。

きっとこの先もメルセデスはどんどん先へ、上へと進んでいくのだろう。

マルギットにはその背中を見る事しか出来ないが、ならばせめて見続けようと思った。

大好きなお姉ちゃんがどう頑張って、どこまで進むのか……それを描き留めようと考えた。

きっとそれは、自分にしか出来ない事だから。


マルギットは今日も絵を描き続ける。

地面に描いていた昔とは違って、羊皮紙を使って描くそれは家族の集合絵だ。

マルギットがいて、母がいて。モニカがいて、お兄ちゃんのゴットフリートとフェリックスもいて、少し怖いけど父親のベルンハルトもいて……そして、真ん中にメルセデスがいる。

想像で補っていた時とは随分違う本物の家族の絵……それを見て、マルギットは満足そうに微笑んだ。

そしてどうでもいいが、その絵の中にボリスはいなかった。怖い人という印象ばかりを残したせいでマルギットに顔を覚えてもらえなかったからだ。

残念でもないし当然である。

欠けた月のメルセデス

公爵令嬢社交界デビュー事件

「私の子はまだ未熟な面もありますが領地の経営において優れた手腕を発揮し、領民からの評判と信頼を勝ち取っております。どうでしょう閣下。是非ご一考のほどを……」

グリューネヴァルト邸の応接室にて。

メルセデスは座り心地がイマイチなソファに腰かけ、対面側に座る貴族の言葉に耳を傾けていた。

隣には父であるベルンハルトがおり、貴族は必死にベルンハルトに我が子の優秀さをアピールしている。

その様子を見ながらメルセデスは、溜息を吐きたいのをぐっと堪えた。

メルセデスがグリューネヴァルトの屋敷で暮らすようになって増えたものがあった。

それは縁談だ。分かりやすく言えば男女の交際の申し込みである。

まだ十歳だぞと思うが、貴族の世界では別に珍しい事ではないのだろう。

それこそ、生まれてすぐに結婚させられる事だってある。

言い方は悪いが、貴族の子女とは政治の道具なのだ。

他の有権者との繋がりを得る為にお互いの生まれたばかりの子供を結婚させたり、老い先短い老人に幼い我が子を嫁がせる事など当たり前で、どこの家もやっている事だ。

ならばグリューネヴァルトの血筋に連なるメルセデスの所に縁談が次々と舞い込む事は何もおかしい事ではない。

何せ公爵家だ。その影響力や発言力は国王に匹敵する。

公爵とは爵位の最上位であり、王に匹敵する存在を自国の貴族として囲う為にあるような爵位である。

繋がりを持って損はない。だから有力な貴族達は砂糖に群がる蟻《あり》のようにひっきりなしにメルセデスに群がったのだ。

勿論これはメルセデスだけではなく、マルギットやモニカ……それとゴット何とかという兄にも言える事である。

今話している貴族もそのクチで、彼の隣では息子と思われる男が礼儀正しく座っていた。

この縁談が通ればこの息子がメルセデスの夫になるわけだが……外見年齢はどう見ても二十代を過ぎている。

吸血鬼は外見で年齢を測れないが、少なくとも彼が二十を超えている事だけは間違いないだろう。

メルセデスの視線に気付くと貴族の息子はニチャリと笑った。

本人は爽やかに笑ったつもりなのだろうが、下卑《げひ》た欲望を隠し切れていない。

うわ、こいつロリコンか……そう思いメルセデスは引いた。

一応彼の名誉の為に言っておくと、吸血鬼社会においてロリコンは珍しい事ではない。

何せ不老期などというものがある種族だ。外見が幼いままの大人の女性などいくらでもいるし、そうした女性と結婚する男もいくらでもいる。

この吸血鬼社会では非常に残念な事に、ロリコンを恥ずべきものとする概念そのものが存在しない。

吸血鬼の世界では幼い子供に情欲を抱く事は正常な事なのだ。酷い種族である。

「メルセデス、お前の意見を聞こう」

「言うまでもないでしょう。お断りです」

「だそうだ。お引き取り願えるかな」

ベルンハルトがポーズとして聞いてきたので、バッサリと切り捨てた。

まあこの男の事だ。メルセデスが断ると分かっていて話を振ったのだろうし、仮にOKを出してもやはり勝手に断っただろう。

我が子を政治の道具にする事に躊躇などするタイプではないだろうが、道具にするからには最大限活用しようと考えるはずだ。

少なくとも一山いくらの貴族相手に枚数の限られているカードを切ったりはすまい。

その後も貴族はゴネていたが、しばらくして彼の相手をするのに飽きたベルンハルトの圧に押し切られて渋々退散する事となった。

邪魔者がいなくなり、メルセデスは咎《とが》めるように父を見る。

「嫌がらせですか？」

問いというよりは確認に近い質問だ。

ベルンハルトならばわざわざ家に招き入れて縁談などしなくとも、いくらでも門前払いが出来るはずだ。

あの貴族だって別にアポなしで突撃したわけではない。

まず手紙を送り、それにベルンハルトが返信したからこそ今回の縁談があったはずだ。

だがメルセデスならば断わるだろうと分かりきっていただろうし、そもそも受ける気そのものがベルンハルトにもなかっただろう。

実際彼は、マルギットやモニカへの縁談の誘いは全て切り捨てている。

ならば今回の縁談は一体何の為にあったのか。これではただの嫌がらせだ……とメルセデスが不満に思うのは当然の事であった。

「社会勉強だ。貴族社会に立てばああいう擦り寄ってくる輩の相手をする機会も増える。今の内にあの手の下郎を観察する機会を与えてやったまでの事だ」

「……それはどうも」

あの貴族の親子は、ベルンハルトにとっては娘に与えた昆虫飼育セットのようなものであった。

貴族社会に出ればああいう権力に群がる蟻の相手を嫌でもしなくてはならない。

だから今の内に蟻を観察する機会を与えてやった……というのが彼の言い分だ。

それは分からないでもないが、しかしだからといって「さあ観察しろ」と蟻をいきなり押し付けられて喜ぶ娘はいない。

余計なお世話だと思いながらメルセデスは、ドアノブに手をかける。

だがふと、テーブルに積まれた手紙の束が視界の端に止まった。

「あの手紙の山は？」

「ただのゴミだ」

どうやらベルンハルトにとっては価値のないもののようだ。

とはいえ「ただのゴミ」では何なのか分からない。

恐らくは本心からそう思っているのだろうが、そう言われると逆に内容が気になってしまう。

なのでメルセデスはテーブルへ向かうとベルンハルトの許可も得ずに手紙を勝手に手に取って封を破り、中身を拝見した。

その内容は……ただの縁談の申し込みだ。対象となる相手はモニカで、実はメルセデス、モニカ、マルギットの中で一番縁談の申し込みが多いのがモニカであった。

その理由は血筋だろう。メルセデスとマルギットは父親はベルンハルトだが、母親は貴族でも何でもないただの庶民に過ぎない。

一方でモニカは母親の方も位は低いが貴族の血筋なのだ。

同じ側室の子であってもメルセデスやマルギットとモニカの間では大きな差が存在していた。

そんなモニカとの縁談を望む肝心の手紙の内容だが……これは酷い。

手紙の差出人の息子がどれだけ有能で、縁を結べばグリューネヴァルトに得かという事がびっしりと書き込まれている。

対し、仮にも縁談を申し込んでいる相手であるはずのモニカの事には全く触れず、文章は殆ど手紙の差出人の息子自慢に終始していた。

きっとこの文章を書いた吸血鬼はモニカの事などどうでもいいと考えていて、自分の子供が成り上がる為の美味しい餌くらいにしか認識していないのだろう。

差出人の名はオーピッツ子爵というらしい。

「なるほど、確かにゴミだ」

そう吐き捨て、メルセデスは手紙をテーブルの上に捨てた。

羊皮紙自体の質は悪くないだけに勿体ないと思ってしまう。

「身の程を弁《わきま》えぬつまらん成り上がり者だ。数代前まではただの田舎貴族だったが、権力者に擦り寄る事で近年になって急速に成り上がり、今では子爵にまでなっている。お前達のうちの誰かと息子を結婚させ、あわよくばそのままグリューネヴァルト家の跡取りにさせるつもりなのだろう」

「そう簡単に成り上がれるものなのですか?」

「状況次第だ。例えば婚姻を結んだ相手が貴族の次女として、その次女よりも上の兄姉全員が死ねば、次女の夫であるそいつが次の跡取りになれる」

まるで寄生虫だとメルセデスは思った。

ベルンハルトは例え話として今の話をしたが、ただの例え話であるはずがない。

手紙の差出人はそうして成り上がってきた、と暗に語っているのだ。

そして婚姻を結んだ相手より上の継承権を持つ者が、全員都合よく死ぬ事などそうそうある事ではない。

まず暗殺なりの外道に手を染めていると考えていいだろう。

とはいえ成り上がりというのであれば、実はグリューネヴァルト家も他所の事は言えない。

この屋敷で暮らすようになり、色々と調べてみて分かった事なのだが、どうもグリューネヴァルト家はベルンハルトの前の代までは男爵家だったらしい。

だが八十年前の戦争でベルンハルトが多大な手柄を立てた事で公爵家を名乗る事が許されたという。

いくら戦争で活躍したからといって、いきなり男爵が公爵になった事には違和感しか覚えないが……まあ、まだ何か裏があるという事なのだろう。

ベルンハルトに公爵の位を与えてでも自国に囲い込んでおきたいと国王に思わせるだけの何かが……。


ともかく、グリューネヴァルト家は近年で急速に出世した成り上がり者である。

その為か、実は内心でグリューネヴァルト家を見下している貴族も少なくない。

その証拠にベルンハルトは外ではベルンハルト卿と呼ばれている。

公爵に対する尊称は先程の貴族が呼んでいたように『閣下』が相応しい。

『卿』とは侯爵から男爵までの貴族に対する尊称である。

つまりベルンハルト卿という呼び方は、本来はベルンハルト様と言わなければいけない所をベルンハルトさんと呼んでいるようなものであった。

この呼び方は勿論本人の目の前で使われる事はないが、しかし外では完全にベルンハルト卿の呼び名が定着してしまっている。

これは、古くからこの国にいる貴族達の嫉妬と『お前みたいな成り上がり者が俺達より上なんて認めねえよ』という反発の表れであった。

急な出世はいつの世の中であっても敵を作りやすい。

恐らくこの手紙の差出人も、内心でグリューネヴァルト家を見下している手合いだ。

「その寄生虫が次の寄生先としてこの家を選んだと」

同じ成り上がり者であるが故に与し易いとでも思われたのだろう。

ベルンハルトはその事に不愉快そうに口元を曲げていた。

「そういう事だ」

◆

グリューネヴァルトの家で暮らすようになって、メルセデスはさまざまな知識を手に入れる事が出来た。

だが正式にベルンハルトの娘として認められた事で生じてしまったものがある。それは貴族の義務だ。

今までメルセデスは母親共々放置されていた事もあって、そもそも貴族社会の一員として認められていなかった。

認められていないのだから義務も生じない。

しかしベルンハルトの娘と認められるという事は本人の望む望まざるにかかわらず、貴族社会の一員として認められたという事である。

必然、そこには貴族としての義務が纏わりつく事を意味していた。

即ち――社交界デビューを前提とした、礼儀作法及びダンスの勉強である。

貴族の令嬢は主に十代後半……この国では十六歳でデビューするのが一般的とされている。

社交界は貴族にとっての情報交換の場であり、名刺交換の場であり、自己アピールの場であり、そして将来の結婚相手を探す場でもある。

貴族の令嬢というのはまず何よりも優先される義務として、『子を作る事』が求められている。

そしてその相手は当然ながら、大きな力を持つ貴族であればあるほどいい。

そうした者達に気に入られるのに必要なのは美貌と品格だ。故に令嬢達は己を磨き、男達にアピールするのである。

さて、メルセデスだが……当然、男へのアピールなど興味の欠片もない。

前世も含めて生まれてこのかた、恋や愛といった感情を一度も感じた事がないし理解も出来ていないのがメルセデスという女である。

仮に誰かと結婚しても夫を一切愛さない冷たい妻が出来上がるだけだし、子を持っても我が子を一切愛さないベルンハルトのような親になるだけだと自分で確信している。

だからこそメルセデスは、自分のようなタイプは誰ともくっつかずに生涯独りで生きていく方がいいのではないかと考えていた。

しかしそんなメルセデスの考えとは無関係に礼儀作法やダンスは叩き込まれる。それが貴族というものだ。

そして当然の事だがダンスにはドレスが必要である。

故にメルセデスは現在、グリューネヴァルト家の使用人の付き添いのもと、都で一番と評判の服屋を訪れていた。

公爵なんだから服屋くらい屋敷に呼べと思わないでもないが、恐らくベルンハルトは服屋如きを屋敷に入れたくないのだろう。

「……服に着られているな」

メルセデスは、鏡に映った自らの姿を見てそう評した。

彼女の今の姿は普段の服装ではなく、青を基調としたヒラヒラフリフリのドレスだ。

白いレースがふんだんにあしらわれ、スカートは床にくっつきそうなほどに長い。

ノースリーブで肩を惜しげもなく露出し、二の腕から指先までを白いレースが覆っている。

首にはチョーカーを着け、髪型は普段の適当に後ろで縛っただけのものではなく、上品なシニョンに纏められていた。

耳にはさりげなく、しかし見る者が見れば高価なものと一目で分かる宝石がイヤリングとして着けられ、グリューネヴァルト家の財力を主張している。

——似合わない。メルセデスは率直にそう思った。

正直なところ、こんなのを着て踊るなど何かの冗談だろうと言いたくなる。

第一、何よりまず動きにくい。これは本当にダンスを踊る事を前提としてデザインされた服なのだろうか。

こんなにヒラヒラしていてはどう考えても動きの邪魔にしかならないだろう。

しかも実際に社交界デビューをするのは十六になってからだ。当然その時にはもうこのドレスは使えないはずである……この外見のまま不老期が訪れない限りは。

つまりここまで立派に仕立てて安くない金も支払って、その上でダンスの練習にだけ使って捨てる事になるのだ。

何という金の無駄遣いだろうか。

「お姉さま、とてもお似合いですわ」

「うん。すごく綺麗」

鏡に映る自らの姿に顔をしかめるメルセデスだが、二人の妹の声によって鏡から視線を外した。

声をかけてきたのはモニカとマルギットだ。

二人もまたドレスで可愛らしく着飾っており、よく似合っている。

マルギットはピンク、モニカは赤のドレスでそれぞれの魅力を引き立てていた。

自分とは雲泥の差だな……とメルセデスは内心で自嘲する。

特にモニカは最初から貴族だっただけあって、ドレスを着るのは慣れているようだ。メルセデスのような『服に着られている』感がない。

しかしこうまでドレスを着こなしている妹から「お姉さま、とてもお似合いですわ」と言われても、どうも「お姉さま、とてもお似合いですわ（笑）」と聞こえてしまう。

「素敵ですよお嬢様。これならば社交界でも注目の的に間違いありません。社交界デビューの際には是非ともまた当店をご利用ください」

この服屋の店主が猫撫で声でメルセデスを褒める。

社交界デビューを前にした貴族というのは服屋にとっては上客だ。

見栄と自尊心の為に決して安くないドレスや服を惜しまずに買ってくれるし、そのドレスを着た令嬢が社交界で目立てばドレスにも注目が集まって客が自然と増える。

ましてや公爵令嬢ならば、目立つのは最早約束されたも同然だ。

故に店主は素早く計算し、ここで赤字を出してでも売り込んでおく事こそが後の利益を生むと瞬時に結論付けた。

「こちらのドレスですが、貴重なシュテルネンハオフェンココーンから作られた糸を贅沢に編み込んでおり、滑らかな手触りと、星屑のような輝きが特徴となっております。お代の方は、一つ五十万エルカですが……三つお買い上げという事で何と三割引きの百五万エルカ！　更にキリよく百万エルカでのご提供とさせていただきます！」

単純に計算してこれは、ドレス一着分の赤字である。

しかし店主の商売人としての勘が告げているのだ。ここは損をしてでも売り込むべき場面であると。

この公爵令嬢達がこのドレスと店を気に入り、社交界デビューの時に利用してくれれば……そしてこの店のドレスを着て社交界で目立ってくれればいくらでも取り戻せる……この程度の赤字は……！

店主のそんな考えが何となく分かり、メルセデスは逞しい商魂だと素直に感心した。

「ああ、それでいい」

どうせメルセデスにはドレスの善し悪しなど分からないので、店主の勧めるままにこのドレスを買う事を決めた。

向こうだってこのドレスで他の貴族の目を引いて客を増やしたいわけだから、まず外れを寄越してくる事はない。

ならばここはプロの目を信じるだけだ。

それにどうせ金を出すのはベルンハルトである。メルセデスの懐は痛くも痒《かゆ》くもない。

「では細かい調整などもありますので、一度お戻しいただきます。完成までは後七日ほどいただければ必ずやご満足いただけるものをご提供出来るかと」

「七日後だな。分かった」

これから店主はメルセデス達に合わせてドレスを調整する作業へと入る。

それが終わればグリューネヴァルト家の遣いがこの店を訪れて、代金を支払いドレスを受け取るはずだ。

どのみち、もうメルセデスがやる事はない。

後は屋敷に戻って料金と、ドレスが完成するまでの時間を伝えるだけだ。

早速試着室に向かい、この動きにくい服から普段の服に着替えようとする。

試着室……といってもデパートなどでよく見る人一人分の個室というものではない。

部屋はそれなりに広く、しかもグリューネヴァルト家から同行してきた侍女が三人ほど、当たり前のような顔をして試着室に付いてきた。

彼女達の役割はメルセデスの着替えの手伝い……というより、着替えをさせる為だ。

貴族の着替えというのは基本的に、使用人にやらせるものであって自分で着替えは行わない。

メルセデスとしては手伝いなどいらないのだが、それを言うと彼女達は仕事が出来ずに、最悪用無しとして職を失ってしまうので言いたくても言えない。自分一人で着替えもさせてもらえないなど、全く不便なものだと思わされる。

そしていざ着替えようとしたのだが……。

「きゃー！」

試着室の外から悲鳴があがり、メルセデスはドレスのまま即座に駆け出して店に戻った。

するとマルギットが床に座り込んでおり、その隣ではグリューネヴァルト家の使用人と店主が頭から血を流して倒れている。

店主は気絶しているだけだが、使用人の方は駄目だ。頭を叩き斬られてしまっている。

だが何より問題なのは、モニカの姿がない事であった。

メルセデスの後を追ってきた侍女達は状況が把握出来ずにオロオロしている。

メルセデスはマルギットを助け起こし、何があったのかを訊ねる。

「マルギット、何があった？」

「わ、わかんない……いきなり外から人が入ってきて……それで、モニカお姉ちゃんを連れていって……」

なるほど、誘拐か、とメルセデスはすぐに答えを出した。

使用人が倒れているのは、邪魔と判断されて問答無用で斬られたのだろう。

マルギットと店主は脅威と判断されずに攻撃を受けなかったのだろうが……妙なのは何故マルギットが無事なのかだ。

悲鳴をメルセデスが聞き、ここに戻ってくるまでに十秒どころか五秒もかからなかっただろう。

しかしメルセデスが来た時には既にモニカは誘拐された後で、誘拐犯の影も形もなかった。

かなり手馴れた者の犯行だ。恐らくは最初からこの店を利用する貴族の令嬢をターゲットにしていたのだろう。

しかし貴族の令嬢を狙った誘拐ならばマルギットも狙うはずなのだが何故かマルギットは無視されてしまっている。

令嬢に見えなかった……という事はないだろう。何せマルギットは今、誰が見ても分かるような高いドレスに身を包んでいるのだから。

とにかく、考えるのは後だ。今はすぐに追いかけねば。

「マルギット、犯人はどっちに逃げた」

「あ、あっち」

「よし……ベンケイ、クロ！」

「ここに！」

「ワン！」

メルセデスはポケットの中のダンジョンキーを握る。

すると試着室の中からベンケイとクロが現れ、一体いつからいたのかとマルギットと侍女達は仰天した。

ダンジョンを持ち歩けるメルセデスならば、どこであってもすぐに魔物を呼び出す事が出来る。

一応他人に見られないように少し離れた試着室の中に呼び出したのでダンジョンの事は誰にも気付かれていないはずだ。

ただ、侍女達のベンケイを見る視線は少し冷たかった。きっと試着室に隠れていた変態として見られているのだろう。

「ベンケイ、お前はここに残ってマルギットを守れ。行くぞクロ！」

「ウォウ！」

クロに跨《また》がり、店の外へと飛び出した。

犯人の姿は見えないが、クロには鋭い嗅覚がある。

モニカの匂いを辿れば犯人に追いつく事は出来るはずだ。

クロは地面を蹴って建物の屋根に着地し、そのまま屋根から屋根へと跳んでブルートの都を駆け抜けた。

「あの……ベンケイさん？　もしかしてずっと試着室の中にいたの？」

「………………」

後に残されてしまったベンケイはマルギットの質問に何と答えればいいか分からず、鎧の中で汗を流していた。

試着室の中にいたというのは誤解である。たった今、ダンジョンから呼び出されたばかりだ。

だがダンジョンの事は隠すべき事であり、だからこそメルセデスはわざわざ他人に見えないように試着室の中にベンケイを出したのである。

つまるところ、この場では肯定する以外の返事が出来ないのだ。

「……あ、ああ……」

「あのね、ベンケイさん……女の子が着替える場所に隠れるのは駄目だって思うの……」

「……そ、そうだな」

ベンケイは泣いた。

鎧の中で人知れず泣いた。

◆

ベンケイが変質者の容疑をかけられている頃、メルセデスは誘拐犯と思われる者達を発見していた。

クロの嗅覚を頼りにモニカの匂いを辿った結果、辿り着いたのは町中を堂々と進む馬車であった。

それもただの馬車ではない。装飾が施された貴族用の馬車である。

モニカはどうやらあの中にいるらしい。

なるほど、後はあのまま素知らぬ顔をして都の外に出れば誘拐完了なわけだ。

貴族の馬車をわざわざ呼び止めて中身を確認する者などそういない。

手際の良さといい、あんな馬車を用意出来る事といい、ただの賊ではなさそうだ。

マルギットを放置した事からも、最初からモニカ狙いだったと考える方が自然かもしれない。

とりあえずこのままだと都市の外に出てしまうので、さっさとあの馬車は潰しておくべきだろう。

メルセデスは決断を下すとクロを馬車に突撃させ、ダンジョンキーをハルバードへと変化させる。

一閃——ハルバードの刃を薙ぎ、馬車の屋根を斬り飛ばして馬車の前に着地した。

「何奴!? この馬車がどのお方の馬車だと……」

「知るか」

屋根がなくなった事で馬車の中が露わになったが、その中にモニカの姿はあった。

口を塞がれた状態で椅子に横たえられており、誰がどう見ても誘拐されていると分かる。

中にいた誘拐犯は四人。そのうちの一人は咄嗟に貴族ロールをして場を切り抜けようとしているようだが、いくら何でも無理があるだろう。

いや、突然の襲撃に対して咄嗟に演技が出来るだけ大したものと評価するべきだろうか。

だが無意味だ。メルセデスはハルバードを薙ぎ、喚《わめ》いている男を刃の腹で殴り飛ばした。

「けぺっ」

誘拐犯のうちの一人が勢いよく吹き飛び、壊れた人形のように地面に落ちる。

残る三人は咄嗟に武器を出して応戦しようとするが、それよりも速くクロが跳び込んだ瞬間に首から血を流し、その場に崩れ落ちた。

一瞬でクロに喉を噛み千切られ、失神したのだ。

いかに吸血鬼といえど、これでは数日は目覚める事はないだろう。もしかしたらこのまま二度と目を覚まさないかもしれない。

最後に残る一人にメルセデスが刃を突き付け、戦いは戦いにすらならず終了した。

「クロ、押さえておけ。妙な動きをしたら噛んでいいぞ」

唯一無事な誘拐犯の頭にクロが前足を乗せた。

少しでも余計な動きをすれば即あの世行きだ。誘拐犯もそれが分かっているのか、震えながらも大人しくしている。

町中で行われた突然の刀傷沙汰に吸血鬼達が何だ何だと寄ってくるのを無視してモニカに近付き、縛めを解いてやった。

「お姉様ー！　モニカは信じておりましたわー！」

自由を取り戻したモニカは勢いよくメルセデスに抱き着こうとするが、メルセデスはそれを無情にも避ける。

するとモニカは何もない空間を抱擁する事になってしまい、恨めし気にメルセデスを見た。

この調子ならば何かされたという事もないだろう。

精神的にも特にショックを受けている様子もなく、心配する必要はないとメルセデスは判断した。

それにしても……目の前ででかい狼が吸血鬼の喉を噛み切っているのにこれとは、流石は吸血鬼というべきか。こういうショッキングな光景への耐性が高いようだ。

「大丈夫そうだな。さて……貴様等が何者か語ってもらおうか」

メルセデスはそう言い、クロに前足を乗せられている男の目を覗き込んだ。

「お、お前は何者だ……一体……」

「その質問をしているのは私だ。答える気がないなら別にいいぞ。生きている奴は貴様以外にもそこに転がっているしな」

質問に質問で返してきた男に冷たく最終警告を出し、最初に殴り飛ばした男の方を見た。

ハルバードの刃の腹で思い切り殴ったが、まだ死んでいない。

いざとなればこの男を捨ててあちらから情報を絞る事が出来る。

その事を悟り、男は顔を青褪めさせた。自分には僅かの猶予《ゆうよ》すらない事をようやく理解したのだろう。

「ま、待て、分かった……話す。俺達は普段はオーピッツ領で活動をしている傭兵団だ。傭兵……とはいっても実際は先の戦争の後に居場所を失った兵士崩れの集まりでな……金さえ貰えりゃ何でもやるぜ。盗みから裏工作、暗殺に誘拐までな……」

「つまり今回の誘拐も誰かの依頼というわけか。依頼人の名は？」

「そ、それは……言えねえ。血の契約を交わしているんだ」

血の契約。それは吸血鬼同士が約束を遵守する時に用いる血判である。

互いの血に誓って決して約束を破らないと誓い、それを守る。

この契約を破った者は種族の恥だ。生涯吸血鬼の恥曝しと言われ、地位と名誉を失い、そして二度と得る事は出来ない。それほどに吸血鬼が己の血に誓う約束は重い。

誘拐犯達は万一依頼に失敗しても依頼人の名を口外しない事を固く約束しているのだろう。

この血の契約には魔法的な拘束力などは一切ない。破った所で別に死ぬわけでもなければ呪われるという事もなく、破ろうと思えば簡単に破れてしまう。

ましてや彼は兵士崩れの傭兵で本人も言っているように汚い仕事も請け負っているのだから社会

的な信頼や名誉など皆無に等しいだろう。

正直なところ、血の契約を破る事で生じるデメリットなど殆ど無い。

だが恐らく理屈ではないのだろう。

損得や矜持の問題ではなく、何の理由もなく、それでも血に誓った事は破りたくない……そんな本能にも似た何かが血の契約にはあるのかもしれない。

だがそんな事はメルセデスにとってはどうでもいい事でしかなかった。

「知るか。話せ」

「か、勘弁してくれ……俺は確かに外道だし、汚い事に手を染めてきたが、それでも血の契約は破りたくねえ……」

「そうか。ならもう一人に聞くしかないな」

話せないというのならば、もうこの男に用はない。

脅しでも何でもなく、ただ使えなくなった道具をゴミ箱に入れるかのようにメルセデスは男に見切りをつけた。

しかしここでモニカが割り込み、メルセデスが見切りをつけた尋問を引き継ぐ。

「お待ちくださいお姉様。四点ほど私からも彼に質問があります。血の契約に抵触するならば『答えられない』で構いません」

モニカは腰に手を当て、むふーと息を吐く。

その顔は自信に満ちており、何かを思いついたように見える。

特に止める理由もないので、メルセデスは事の成り行きを見守る事にした。

「まず一つ。依頼主は私の顔は知っているのですね？」

「あ、ああ……そりゃそうだ。……誘拐する相手の顔を知らないわけがないだろう」

「二つ目。依頼主はお姉様やマルギットの顔を知っておりますか？」

「い、いや……知らないと思う……興味がないと言っていた……」

「三つ目。貴方は傭兵団と仰いましたが、傭兵団全員の顔と名前を依頼主はご存じですか？」

「それはない。多分アイツは俺の顔も覚えてないはずだ」

「四つ目。貴方達はオーピッツで活動していると言いました。ではこの馬車の向かう先もオーピッツ領で間違いありませんね？」

「そ、そうだが……」

四つの質問を終え、モニカは満足そうに頷く。

今の質問で何かが分かったのだろうか？

どれも聞くまでもなく分かるような事にしか思えなかったが……。

そう不思議に思うメルセデスに向き直り、モニカはドヤ顔で言い放った。

「お姉様、私にいい考えがあります！」

……何か、嫌な予感しかしなかった。

◆

オーピッツ領。

それはオーピッツ子爵家が代々管理している領土の名前だ。

大都市ブルートを含むグリューネヴァルト家に比べれば小さいが、いくつかの農村とそれなりに大きな町を治めている。

町の中央には大きな屋敷があり、そこでは今日、現当主であるエッボ・オーピッツ子爵の誕生日パーティーが開かれていた。

エッボは二十年ほど前にオーピッツ子爵家に入り婿として迎え入れられた男だ。オーピッツ子爵家は元々は跡継ぎとなる長男と、すぐ一歳下の次男、更に長女と次女と三女がいたのだが長男と次男が事故で帰らぬ人となり、長女も乗馬の最中に賊に襲われて亡くなってしまった。

そんな不幸が立て続けに起こったオーピッツ子爵家だったが、次女の夫となり家を継いだのが当時男爵家だったエッボだ。

四十ほど年の差はあったが吸血鬼……ましてや貴族の世界ではさほど珍しい事でもなく、子宝にも恵まれて三人の男児を授かった。今では誰もが羨む仲の良い夫婦だ。

そんなエッボ・オーピッツの誕生日パーティーに、メルセデスとモニカの姿はあった。

青と赤のドレスを着こなした二人は幼いながらも可憐《かれん》で、何人かの目を釘付けにしている。

きっと、「うちの息子の将来の相手にいいかもしれない」などと思われ、値踏みされているのだろう。

……流石に自分が付き合いたいと思っている輩はいない……はずだ。

「おお、何と可憐なレディだ。娘のように幼い少女しか愛せぬ私にとって貴方達はまさに天より舞い降りた神の使い。一曲お付き合いいただけるかなレディ」

普通にいた。

メルセデスはロリコンに絶対零度の視線を向けてダンスの誘いを無視し、通り過ぎる。

それから呆れたような声でモニカに話しかける。

「おい、これがいい考えか？」

「そのとおりです」

メルセデスの問いにモニカはあくまで自信満々に答える。

子供というのは何の根拠もなく自信に溢れているものだが、モニカもそのタイプなのかもしれない。

彼女はドヤ顔のまま、『いい考え』の内容を語り始める。

「よろしいですかお姉様。まず、賊は私を捕えて貴族用の馬車でオーピッツ領に連れていくつもりでした。つまりそのような馬車が必要になる場所……あるいはそのような馬車で訪れれば目立たない場所が目的地という事です」

「……そうか？」

モニカは自信満々に言っているが、別にそんな理由などなくとも貴族用の馬車ならば町中を堂々と進めるし、中を検品される事も滅多にないしで普通に誘拐の道具として有用だとメルセデスは考えていた。

しかし口を挟まずに、とりあえず続きを聞く。

「そしてそのような場所があるとすれば、それはオーピッツ子爵家をおいて他にありません。案の定、来てみれば誕生日パーティーを開いているではありませんか。これはもう確定と断言してよろしいかと」

「うーむ……」

確かに納得出来なくはないが、別にオーピッツ領にはオーピッツ子爵家しか屋敷がないというわけではない。

他にも貴族は暮らしているし屋敷もある。

そっちでパーティーや社交界が開かれている可能性も十分あるのだが、モニカはその可能性は考えていないようだ。

「ならばこのパーティー会場に、私を連れていけば必ずや依頼主の方から接触してくるはずです！幸い依頼主は私の顔は知っていてもお姉様の顔は知りません。きっと誘拐犯の一味が仕事を達成して標的を連れてきたと思うに違いありません！」

「いくら何でもそんなアホとは思えんが……」

モニカの考えは、もう悲しいほどにガバガバであった。

仮にここまでの考えが奇跡的に当たっていたとしても、そんな迂闊《うかつ》に声をかけていく阿呆が黒幕とは考えにくい。

第一メルセデスは十歳の小娘だ。これを見て誘拐犯の一味と考えるのは無理があるだろう。

そんな奴がいたら、それはもうただの考えの足りない馬鹿だ。

「どうやら無事にモニカ・グリューネヴァルトを連れてこられたようだな。流石は裏社会で音に聞こえた傭兵団……君達に依頼して正解だったよ」

どうやら黒幕はただの考えの足りない馬鹿だったようだ。

どう聞いても一発アウトな台詞を吐きながら、小太りの男が上機嫌で話しかけてきたのを見てメルセデスは頭が痛くなった。

「……エッボ・オーピッツ子爵で間違いないですか？」

「うむ、いかにも。私が君等の依頼人だ」

はい馬鹿、本物の馬鹿。そう思いながらメルセデスは先日の事を思い出していた。

そういえばモニカ宛てに馬鹿な縁談の手紙をしつこく送っていたのも確かオーピッツ子爵だったか。

呆れた事にモニカのガバガバ推理が全て当たった形になってしまった。

モニカはこれでもかとばかりの渾身のドヤ顔をしている。

「依頼の内容をもう一度確認しますが……モニカ・グリューネヴァルトの誘拐……間違いありませんね？」

「うむ、安心しろ。その内容で間違いはない。連れてくる者もその娘で合っている」

「……では、これにて仕事は終了となります。血の契約書の写しを頂けますか」

「うむ、よかろう」

誘拐犯とオーピッツ子爵との間に交わされた契約は『もし依頼に失敗しても依頼人の名を口外しない』事だ。

ならば当然、捕まった際にオーピッツ子爵が黒幕だという証拠になる血の契約書を誘拐犯が持っているはずがない。確実にオーピッツ子爵が持っているとメルセデスは確信していた。

そして仕事が終われば､用のなくなった血の契約書は双方が持っておくのが常識であり基本である。何故なら相手側だけに契約書があっては改変し放題だからだ。

かくして渡された契約書には今回の依頼と、それに失敗してもオーピッツ子爵の事を口外しない事が書かれており、ここに証拠は揃ってしまった。

正直間抜けすぎて違っていてほしかったのだが、ここまで来ればもうこいつが黒幕で確定だろう。

メルセデスは無言でオーピッツ子爵の顔に裏拳を入れた。

「ごふっ……!?」

オーピッツ子爵は鼻から血を流して倒れ、突然の出来事に会場の貴族達がどよめく。

だがメルセデスは一切気にせず、契約書を高々と掲げた。

「エッボ・オーピッツ。モニカ・グリューネヴァルト公爵令嬢の誘拐未遂により、この場で貴様を捕縛する。ブルートまで同行願おうか」

「な、何を……!? 貴様、血の契約を裏切るつもりか!?」

「いい加減気付け。私は貴様の雇った誘拐犯ではない」

公爵令嬢誘拐という言葉に会場が更にどよめいた。

まさかそんな、という声も聞こえるがメルセデスが持つ血の契約書という動かぬ証拠を前にしては誰も何も言えない。

吸血鬼は血の匂いに敏感だ。故に血判が誰のものであるのかは簡単に見分ける事が出来る。その精度は指紋や声紋による識別にも引けを取らない。

この契約書も、少し調べれば簡単にエッポ・オーピッツの血によるものだと分かるはずだ。

「この方をどなたと心得ます！　私の偉大にして華麗なる姉、メルセデス・グリューネヴァルトお姉様ですわよ！」

何故か自慢気なモニカが嬉しそうにメルセデスをこの場の全員に紹介した。

それにしても、この謎の好感度の高さは何なんだろうとメルセデスは今更ながら不思議に思っていた。

もっともこれに関しては別に何も難しい事はない。彼女は単純に吸血鬼らしく強くて美しい存在が好きなだけなのだ。

「ぬううう……公爵令嬢を騙《かた》る不届き者ぞ！　であえ！　であえい！」

どこかで聞いたような三下感溢れる言葉をオーピッツ子爵が喚き、それと同時にゾロゾロと彼の手下がホールに集まってきた。

数はざっと、二十人ほどだろうか。メルセデスは面倒に思いながらもハルバードを出し、モニカを背に庇う。

まず最初に武器を持った吸血鬼が五人突撃してきたのをハルバードの一閃で纏めて薙ぎ払った。

次に飛んできた矢を重力魔法で止めて床に落とし、矢が当たらなかった事に動揺していた狙撃手に向けて、テーブルの上にあった皿を投げて直撃させる。

更に皿を三枚掴み、遠くにいた吸血鬼に引力魔法をセット。そこに向けて皿を投げれば、吸い込まれるように皿が彼等の頭にめり込む。

後ろから飛び込んで来た敵に向けてテーブルを蹴り倒し、下敷きになったところで顔を踏んで沈黙させる。

それにしてもやはりスカートは戦闘には向かないとメルセデスは思った。動くたびにヒラヒラして邪魔になる。

「何をしている！　相手は小娘一人ぞ！　奴を倒した者には百万……いや、千万やる！　いけ、いけい！」

メルセデスの暴れぶりに怯む手下達にオーピッツ子爵の怒声が飛ぶ。

すると金欲に突き動かされて手下が一斉に突撃してきた。

残る数は十人。まずそのうちの三人をハルバードの一撃で吹き飛ばし、接近してきた敵の剣を避ける。

いかに数がいようと一度に攻撃出来る数にはどうしても限度がある。精々四人までだろう。

振るわれる剣を軽々と避け、スカートを翻《ひるがえ》してメルセデスは確かにこの瞬間、ホールで舞っていた。

洗練された動きはダンスにも勝る優雅さがある。特に強さを信奉する吸血鬼ならば尚の事だろう。

気付けば貴族達はメルセデスの動きに見惚れており、誰も言葉を発しない。

そうしている間にもメルセデスの攻撃で一人、また一人と吸血鬼が蹴散らされていき、とうとうオーピッツ子爵を守る手下は誰もいなくなってしまった。

「ぬうう……わしとてかつては戦争で獣共を剣の錆にしてきた、音に聞こえしエッポ卿！　小娘などにやられっぱなしで終わるものか！　せめて一太刀！」

オーピッツ子爵が剣を両手で握り、正面から走ってきた。案外根性のある男だったようだ。

しかしかつて戦争で活躍したかどうかは知らないが、今はただの小太りの貴族だ。

膨れた腹をタプンタプンと揺らしながら走るその姿には、これといった脅威を感じない。

メルセデスはハルバードでオーピッツ子爵の剣を弾き飛ばし、刃の腹で顔をブン殴る。

するとオーピッツ子爵は面白いように吹き飛び、テーブルをいくつも巻き込みながら倒れて動かなくなった。死んではいないが数日は目を覚まさないだろう。

後はブルートに連行し、ベルンハルトに丸投げするだけだ。

戦闘が終わると歓声がホールを包み、貴族達がメルセデスに群がってきた。

「素晴らしい！　見事なダンスだった！　どうです幼いレディ……私には丁度十三の息子がいるのですが……」

「いやいや、私の弟などなかなか……」

「抜け駆けはよくない。ここは間を取って一度私の息子と……」

貴族達は次から次へと縁談を申し込もうとするが、メルセデスはどれも全く興味がない。

なので気絶しているオーピッツ子爵とモニカを抱えると、この場から離脱するべく声を張り上げた。

「クロ！」

屋敷の外で待機させておいたクロを呼び、その上に乗る。

そしてまだ何か喚いている貴族達を振り切るように、屋敷から逃走した。

◆

「大層な社交界デビューだったそうだな」

あの誘拐事件の数日後。ベルンハルトはやや上機嫌にそんな事を口にした。

メルセデスからオーピッツ子爵を渡され、事の一部始終を聞いたベルンハルトはすぐに手続きやら何やらを行い、オーピッツ子爵を牢屋にぶち込んでしまった。

オーピッツ子爵は今は牢獄の中だ。百年は出てこられないだろう。

「だがよくやった。目障りな寄生虫を処分する手間が省けたぞ」

「それはどうも」

ベルンハルトにとってオーピッツ子爵は脅威でも何でもない小物だ。

だがその小物が分を弁えずにウロチョロしていたら目障りだろう。

だから彼はそのうちオーピッツ子爵を潰してしまうつもりでいたのだが、メルセデスのおかげでその手間が省けたのだ。

メルセデスは素っ気なく返事をして部屋を出ていこうとするが、ふとテーブルの上に山積みにされた手紙に気が付いた。

「またゴミですか?」

「あれは縁談の申し込みだな。全てお前宛てだ」

メルセデスの質問を待っていたようにベルンハルトが嘲笑《ちょうしょう》した。

あのパーティーでの大暴れは、結果としてはメルセデスの存在を社交界に知らしめる役目を果たしてしまったらしい。

ベルンハルトの言う社交界デビューとはそういう事か、とようやく理解してメルセデスは額を押さえた。

縁談とダンスはもう、当分は見たくもなかった。

あとがき

初めましての方は初めまして。そうでない方はお久しぶりです。

炎頭《ファイヤーヘッド》と申します。

この度は「欠けた月のメルセデス」を御手に取っていただき、ありがとうございます。

本作は吸血鬼として生まれた主人公が寄り道をしながらもダンジョンを攻略していく話となります。

私は昔からRPGが好きなのですが、本筋のストーリーそっちのけで寄り道をしているという事が多々ありました。

コレクターアイテムを集めたり、カードゲームをしたり……。

気付けば寄り道をしている時間がストーリーを進めるのに使った時間の十倍以上になっている事も珍しくなく、酷い時は寄り道の方に熱中しすぎて一番肝心なはずのストーリーを忘れている事もありました。

本作はそんな寄り道の楽しさを追求……したわけではありませんが、別に目的地が決まってなくても自分で決めればいいんじゃないかという適当さから生まれました。

魔王を倒さずにずっとすごろくをしている勇者がいてもいいし、任務を無視して大人げなく子供をカードゲームで打ち負かしてレアカードを奪う伝説の傭兵がいてもいい。

ストーリーで倒すべき敵が示されていたとしても、ゲームセンターの全てのゲームのスコアを塗り替える事を目的にしてもいい。

そのくらいに目的地が定まっておらず、主人公自身も自分が何をしたいのか、どこに行きたいのかが分かっていません。

『自分がゲームクリアだと思えるゴール地点を探す』事そのものが目的のような主人公、それがメルセデスです。

そんなメルセデスが歩む牛歩のような物語ですが、楽しんでいただければ幸いです。


この本を出すに当たって尽力してくださったTOブックス様、美麗なイラストでキャラクター達に命を吹き込んでくださったＫｅＧ先生に深くお礼を申し上げます。

どのキャラクターも私の想像の何倍も恰好よく、また可愛らしくなっており、これだけでも本になって本当によかったと思えます。

最後に、この本を読んでくださった方々にもう一度深く感謝をして、後書きの締めとさせていただきます。

もし次があれば、またその時にお会いしましょう。

炎頭《ファイヤーヘッド》

キャラクター設定集

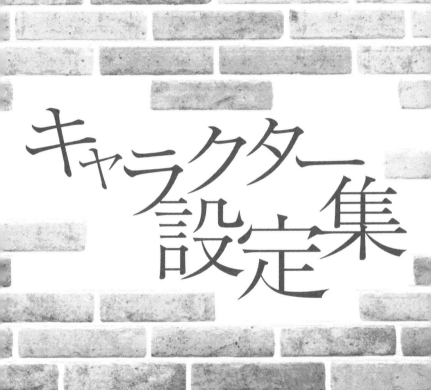

【メルセデス・グリューネヴァルト】

（ギルドでは「メルセデス・カルヴァート」と母親の旧姓を名乗る）

種族：吸血鬼

主義：利用出来るものは利用する

願望：悔いのない人生を歩みたい

好き：甘いもの、ブラッドソーセージ（血を使った料理だが人間も普通に食べるものなので忌避感を抱かないで済む）

嫌い：停滞、前世の自分、ブラッドソーセージ以外の血を用いた料理全て（厳密には美味いと感じているのだが、それも含めて嫌悪感が勝る）

性格：他人との必要以上の関わりを嫌う

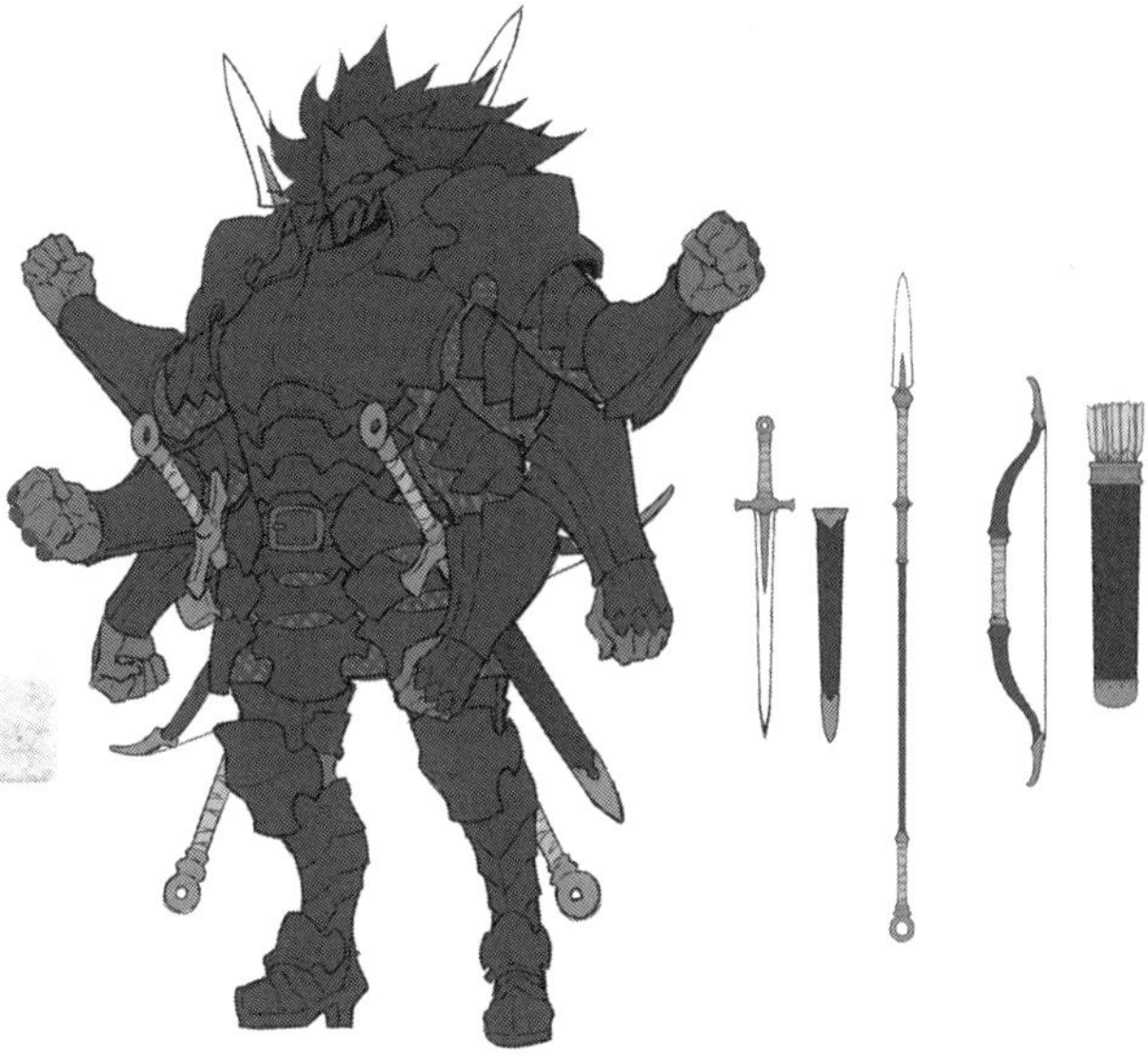

【ベンケイ】

種族：オーガ
主義：強さこそ正義
願望：自分を倒した者に従う
好き：戦闘
嫌い：戦闘で出番がない
性格：頑固者の武人肌、頭が固く柔軟性に欠ける

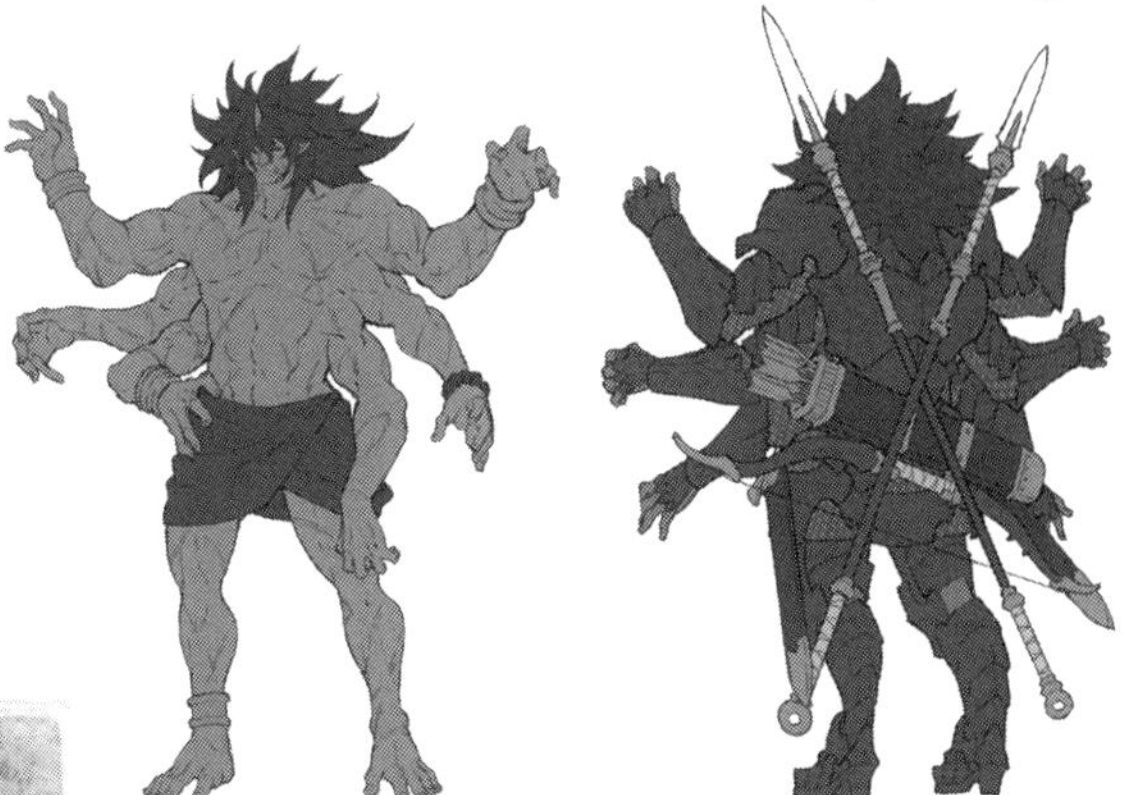

【クロ】

種族：シュヴァルツ・ヴォルファング（黒狼）
主義：群れを維持する
願望：メルセデスに従う
好き：メルセデス
嫌い：狼なのか人なのかよく分からない変なの（狼男系全般）
性格：忠実で勇敢

【ツヴェルフ】

種族：AI
主義・願望：なし(ダンジョンの管理AIなので自らの主義や願望は持たない)
好き：在りし日の人間
嫌い：今の神々
性格：基本的に冷静
あまり感情的にはならない

【ベルンハルト・グリューネヴァルト】

種族：吸血鬼
主義：強者こそが頂点に立つべき
願望：世界の支配・統一
好き：力で他者を捻じ伏せる、
支配、優秀な我が子
嫌い：力のない者が偉そうにしている姿、
無能な味方、使えない我が子
性格：傲慢で自分勝手

欠けた月のメルセデス

コミカライズ
告知漫画

江戸屋ぽち

欠けた月のメルセデスコミカライズ!!
漫画　江戸屋ぽち
はじめまして
コミカライズから出張してきたメルセデスです
コミカライズではメルセデスの生家や
修行場の様子
メルセデスの幼少期の姿
前世の姿など
漫画なので視覚的な情報が盛りだくさん
メル～～～～!

こちらもコミカライズにて初ビジュアル化となりました母のリューディアです
はっ…
はじめまして!
著者の炎頭《ファイヤーヘッド》先生に美人に描いてもらえたねって褒められたメルの母です!
いやっメルそうでなくて
絵で見えちゃうってこのボロ屋敷をでしょ?
今からでも修繕したほうがいいでしょう!?
それに私の衣装も…
もっと側室のお姫様みたいなのがいいのでは…
大丈夫です母様はそのまま母様らしくいてくだされば
私…らしく?
何ならはりきらないで欲しい……

キュートに
こんな感じ…？
セクシーに
それともこう…？
母様って自分に対してこういうイメージ持っているのね…
あーーーいいと思います華やかで
では母様最後にひと言…

ほれ
この
クソ野郎!!!
はい
完璧です
母様!
さすが母様
これで
大丈夫です
はっ
パチ
パチ
パチ
…というわけで
「欠けた月の
メルセデス」
小説 コミカライズともに
是非お楽しみください!
うう…
さっきのは
見なかったことに…
しっかり描いていきます
ので応援お願いします!!!

――生きるぞ

この2度目の
人生を全力で

もう、欠けた月のままでは
終わらない――！
欠けた月のメルセデス 2
～吸血鬼の貴族に転生したけど捨てられそうなのでダンジョンを制覇する～
炎頭
Fire head Presents
ill：KeG
コミカライズ
企画
進行中!!
第2巻
2021年
発売決定!!
魔物を手懐ける
吸血鬼少女！
貴族たちの陰謀うごめく
学園生活スタート!?

当然、相棒は救いますよ！
次は海の幸を食べられるんですか⁉
運命の相手《エルフ》、
錬金術《新・趣味》、好敵手《ライバル》――
コミカライズ
企画進行中!!

それどころじゃないだろ……
様々な出会いの待つ第2巻へ！
最新刊予約はこちらから
書き下ろし特典SS付き!
2021年6月19日発売決定！
水属性の魔法使い
第一部 中央諸国編II

第一部 放浪編
―殺戮の灰かぶり姫―
第二章「灰かぶりの暗殺者」
開幕の第二巻！
暗殺者ギルドは私の敵になった。敵は全て殺す。
巨大な組織を相手にするというのは、そういうことだ。

暗殺者ギルド
攻略へ!?
Harunohi Biyori
春の日びより
illust.ひたきゆう
乙女ゲームのヒロインで
最強サバイバル
—otome game no heroine de saikyo survival—
II
2021年
発売決定！

欠けた月のメルセデス
～吸血鬼の貴族に転生したけど捨てられそうなので
ダンジョンを制覇する～

2021年6月1日　第1刷発行

著　者　炎頭

発行者　本田武市

発行所　TOブックス
〒150-0002
東京都渋谷区渋谷三丁目1番1号　PMO渋谷Ⅱ　11階
TEL 0120-933-772（営業フリーダイヤル）
FAX 050-3156-0508

印刷・製本　中央精版印刷株式会社

ISBN978-4-86699-216-7